FOGO NO MATO

LUIZ ANTONIO SIMAS
LUIZ RUFINO

Fogo no mato

A CIÊNCIA ENCANTADA DAS MACUMBAS

Copyright © Luiz Antonio Simas e Luiz Rufino.
Todos os direitos desta edição reservados
à MV Serviços e Editora Ltda.

REVISÃO
Marília Golçalves

CIP-BRASIL. CATALOGAÇÃO NA PUBLICAÇÃO
SINDICATO NACIONAL DOS EDITORES DE LIVROS, RJ

S598f   Simas, Luiz Antonio, 1967-
      Fogo no mato: a ciência encantada das
macumbas / Luiz Antonio Simas, Luiz Rufino. —
1. ed. — Rio de Janeiro : Mórula, 2018.
      124 p. : il. ; 21 cm.

      Inclui bibliografia
      ISBN 978-85-65679-76-3

      1. Espiritismo. 2. Macumba. I. Título.

18-47902   CDD: 133.9
                      CDU: 133.9

R. Teotônio Regadas, 26 — 904 — Lapa — Rio de Janeiro
www.morula.com.br | contato@morula.com.br

NOTA INTRODUTÓRIA

MACUMBEIRO: definição de caráter brincante e político, que subverte sentidos preconceituosos atribuídos de todos os lados ao termo repudiado e admite as impurezas, contradições e rasuras como fundantes de uma maneira encantada de se encarar e ler o mundo no alargamento das gramáticas. O macumbeiro reconhece a plenitude da beleza, da sofisticação e da alteridade entre as gentes.

A expressão macumba vem muito provavelmente do quicongo *kumba*: feiticeiro (o prefixo "ma", no quicongo, forma o plural). Kumba também designa os encantadores das palavras, poetas.

Macumba seria, então, a terra dos poetas do feitiço; os encantadores de corpos e palavras que podem fustigar e atazanar a razão intransigente e propor maneiras plurais de reexistência pela radicalidade do encanto, em meio às doenças geradas pela retidão castradora do mundo como experiência singular de morte.

ÍNDICE

- 9   Cantando a pedra: a ciência encantada das macumbas
- 17   Encruzilhadas
- 25   Cadê Viramundo, pemba?
- 33   O pesquisador cambono
- 41   A invenção do terreiro
- 49   Tudo que o corpo dá
- 57   A gramática dos tambores
- 65   Altar de orixá, gongá de santo
- 73   Vence-demanda
- 81   Zé Pelintra: juremeiro do catimbó e malandro carioca
- 89   Quem tem medo da pombagira?
- 97   Caboclo: supravivente e antinomia da civilidade
- 105   Campo de batalha e campo de mandinga
- 113   Acendendo velas: o exusíaco e o oxalufânico
- 120   REFERÊNCIAS BIBLIOGRÁFICAS

Cantando a pedra: a ciência encantada das macumbas

> *Quem sou eu... quem sou eu?*
> *Tenho o corpo fechado,*
> *Rei da noite sou mais eu!*
> [ACADÊMICOS DO GRANDE RIO, 1994 —
> "OS SANTOS QUE A ÁFRICA NÃO VIU"]

NAS BANDAS DE CÁ BAIXAM SANTOS que a África não viu. O verso escolhido para a abertura dos caminhos é parte de um canto de folia, porém aqui será lançado feito um nó; mumunha de velho cumba mandingueiro. Será através desta amarração que firmaremos a curimba que haverá de descobrir quais são os santos que baixam aqui, em uma terra livre do pecado onde, ao mesmo tempo, ninguém é santo.

O povo que vem para a canjira é formado pelos reis da noite, barões e rainhas da rua, maltrapilhos, molambos, malandros de toda estirpe, homens valentes que cavalgam nas asas do vento, laçadores de infortúnios, seres de encante, multinaturais, supraviventes, ora homens e mulheres, ora peixes, vitórias-régias, que manifestam suas existências nas floradas dos jatobás e sucupiras. São frutos de toda cor e sabor. Baixam por aqui também princesas de além-mar, que na travessia cruzaram com as nossas mães d'água ou vestiram a casaca de pena das ararinhas. Existem também aqueles que caminham a passos lentos, mas na hora necessária são os que dominam o touro brabo na unha e mesmo estremecendo não param de andar. São os matutadores das linguagens do tempo, desatam os nós do pensar o pensar, cismam com as existências e conhecimentos, fazem com que na canjira não se crie canjerê.

Os santos que por aqui baixam praticaram o cruzo, são macumbeiros, arrastam multidões em suas companhias, vadeiam nos sambas de roda, nas capoeiras, riem nos versos improvisados, bebem cerveja, correm atrás de doce, festejam a virada do ano com batuques na beira do mar. Em suas vindas escolhem a carapuça que vão vestir, quase sempre como as de Exu, que comportam mais de uma aparência. São santos, orixás, encantados, mestres ajuremados, compadres, comadres, *eguns* da diáspora, fiéis amigos, malungos, apostadores do mesmo jogo, homens e mulheres de corpo fechado. Assim, saudamos os moradores de todos os quatro cantos e alinhavamos nossos pontos. Os versos terão de ser desatados por outras amarrações que darão a sustentação da toada. Nosso terreiro é cruzado, se encanta no sopro das palavras, no riscar da pemba e no sacrifício que alimenta o solo. O nosso terreiro é boca que tudo come e corpo que tudo dá. Fazemos rodas, praticamos esquinas, erguemos choupanas e cazuás, inventamos mundos.

Na fartura ou na escassez nossos brados e tambores irão ecoar, somos parte de uma experiência em transe. Os barris que cruzaram o mar, as sucupiras que afloraram, as esquinas dobradas, as pedras miúdas, as poesias enfeitiçadas de boca em boca, a coral que cruza a estrada noite afora, todas estas formas e muitas outras não citadas são experiências de transe. É no alinhave das sabedorias de uma ciência encantada, aquelas em que nossos povos cedem os corpos para manifestá-las, que mergulhamos. É nas perspectivas dos modos de sentir/fazer/pensar das múltiplas presenças, culturas, gramáticas e educações das macumbas que trançaremos nossas esteiras e nos colocaremos para espiar o cair da tarde.

O Atlântico é uma gigantesca encruzilhada. Por ela atravessaram sabedorias de outras terras que vieram imantadas nos corpos, suportes de memórias e de experiências múltiplas que, lançadas na via do não retorno, da desterritorialização e do despedaçamento cognitivo e identitário, reconstruíram-se no próprio curso, no transe, reinventando a si e o mundo. O colonialismo se edificou em detrimento daquilo que foi produzido como sendo o seu outro. A agenda colonial produz a descredibilidade de inúmeras formas de existência e de saber, como também produz a morte, seja ela física, através do extermínio, ou simbólica, através do desvio existencial.

Nos cruzos transatlânticos, porém, a morte foi dobrada por perspectivas de mundo desconhecidas das limitadas pretensões do colonialismo europeu-ocidental. Elas são as experiências de ancestralidade e de encantamento. Para grande parte das populações negro-africanas que cruzaram o Atlântico e para as populações ameríndias do Novo Mundo, a morte é lida como espiritualidade e não como conceito em oposição à vida. Assim, para a perspectiva da ancestralidade só há morte quando há esquecimento, e para a perspectiva do encantamento tanto a morte quanto a vida são transgredidas para uma condição de supravivência.

A partir das noções de ancestralidade e de encantamento praticamos uma dobra nas limitações da razão intransigente cultuada pela normatividade ocidental. É a partir também dessas duas noções que se enveredam grande parte dos saberes assentes no complexo epistemológico das macumbas. Dobrar a morte, lida nesse caso como assombro, carrego e desencantamento fundamentado no colonialismo, se faz necessário para praticarmos outros caminhos. Esta dobra política e epistemológica é crucial para um reposicionamento ético e estético das populações e das suas produções, que historicamente foram vistas, a partir de rigores totalitários, como formas subalternas, não credíveis.

É nesse sentido que o encaminhamento de nossas problematizações mira e traz para o centro do debate as práticas de saber que ao longo do tempo foram mantidas sob a condição de demonizadas ou de animistas-fetichistas. A lógica das amarrações lançadas por nós pretende operar nas frestas, nos vazios deixados. Assim, o feito é inteiramente exusíaco, já que diz negando e nega dizendo e faz o acerto virar erro e o erro virar acerto. O pau que deu no couro, marcando a trágica experiência colonial, é também a baqueta que repercute no couro da caixa da escola de samba e invoca Oxossi através de seu *agueré*, Xangô pelo seu *alujá* e Oyá pelo seu *ilú*.

A diáspora africana é, como *Yangí*, um fenômeno de despedaçamento e de invenção. Cada fragmento dos saberes, das memórias e dos espíritos negro-africanos que por aqui baixam são pedaços de um corpo maior que mesmo recortado se coloca de pé e segue seu caminho dinamizando a vida. *Yangí* são as partes de Elegbara, filho de Orumilá, aquele que comeu todas as coisas do universo e as restituiu de forma transformada. O que Elegbara engole de um jeito, devolve de outro. A forma com que ele devolve o que engoliu é impossível de ser controlada ou até mesmo imaginada.

Se o projeto colonial construiu uma igreja para cada população dizimada, nós encantamos o chão dando de comer a ele, louvamos as matas, rios e mares, invocamos nossos antepassados para a lida cotidiana e nos encantamos para dobrar a morte. Em cada esquina da cidade em que se gargalha, se bebe e se versa um samba, haverá de se ajuremar um malandro e se transformar as encruzilhadas em campos de possibilidade.

Sentir, fazer e pensar nas sabedorias das macumbas brasileiras nos exige o exercício da dobra. É aí que muitas vezes se armam arapucas. Existe sempre aquela demanda que é lançada nas travessias: o malandro faz a curva aberta, porque sabe da possibilidade de algo estar à espreita. Versando na máxima da malandragem encarnada na astúcia da rua, malandro não vive de sorte, e é por isso que só quem pode com a mandinga carrega o patuá. Neste caso, quem o carrega no bolso, no cordão ou na carteira transforma o campo de batalha da vida comum em campo de mandingas.

Esta é a lógica do jogo. A macumba é ciência, é ciência encantada e amarração de múltiplos saberes. É assim que ela é versada no segredo da jurema, dos catimbós, torés, babaçuês e encantarias. Não somos nós que dizemos; as falas são dos mestres ajuremados e acaboclados nas cidades encantadas e na textualidade das folhas. Por isso, para o que é enunciado/reivindicado a partir das macumbas, toda demanda tem vence-demanda, e, para nós, casa de caboclo é assentamento de encantado. A perspectiva do encantamento é elemento e prática indispensável nas produções de conhecimentos. É a partir do encante que os saberes se dinamizam e pegam carona nas asas do vento, encruzando caminhos, atando versos, desenhando gestos, soprando sons, assentando chãos e encarnando corpos. Na miudeza da vida comum os saberes se encantam, e são reinventados os sentidos do mundo.

Para nós, o Brasil que nos encanta é aquele que se compreende como terreiro. É aquele em que praias dão lugar a cidades encantadas onde rainhas, princesas e mestres transmutaram-se em pedras, árvores, braços de rios, peixes e pássaros. No Brasil terreiro, os tambores são autoridades, têm bocas, falam e comem. A rua e o mercado são caminhos formativos onde se tecem aprendizagens nas múltiplas formas de trocas. A mata é morada, por lá vivem ancestrais encarnados em mangueiras, cipós e gameleiras. Nos olhos d'água repousam jovens moças, nas conchas e grãos de areia vadiam meninos levados. Nas campinas e nos sertões correm homens valentes que tangem boiadas. As curas se dão por baforadas de fumaça pitadas nos cachimbos, por benzeduras com raminhos de arruda e rezas grifadas na semântica dos rosários. As encruzilhadas e suas esquinas são campos de possibilidade, lá a gargalhada debocha e reinventa a vida, o passo enviesado é a astúcia do corpo que dribla a vigilância do pecado. O sacrifício ritualiza o alimento, morre-se para renascer. O solo do terreiro Brasil é assentamento, é o lugar onde está plantado o axé, chão que reverbera vida.

É desse lugar que seguimos a máxima das pedras miúdas, aquelas que sustentam, na sua pequenez, os segredos dos grandes lajedos. Somos praticantes da cisma, nos banhamos de folha para nos livrar do assombro do desencanto. Somos orientados por aqueles que na escassez, na ausência e na interdição inventaram possibilidades. Praticamos as encruzilhadas, lá acendemos as velas e velamos a vida, engolimos de um jeito para cuspir de outro; anuviados pelas gotas de marafo lançadas ao ar, buscamos outras miradas.

Por mais que o colonialismo tenha nos submetido ao desmantelo cognitivo, à desordem das memórias, à quebra das pertenças e ao trauma, hoje somos herdeiros daqueles que se reconstruíram a partir de seus cacos.

A resiliência é a virtude dos que atravessaram o mar a nado por cima de dois barris. Quem atravessa a calunga grande certamente não se desencantará na praia. A vida nas bandas de cá parte da invenção do mundo como terreiro.

A macumba é mumunha de preto-velho. O conceito de amarração proveniente das sabedorias dos velhos cumbas nos dá base para pensar a macumba tanto no que tange o seu sentido etimológico, quanto à natureza da sua presença (ontologia) e às suas produções de conhecimento (epistemologia). Amarração é o efeito de, através das mais diferentes formas de textualidade, enunciar múltiplos entenderes em um único dizer. Assim, a amarração jamais será normatizada, porque é inapreensível. Mesmo que o enigma lançado seja desamarrado, esse feito só é possível através do lançamento de um novo enigma, uma nova amarração. Ou seja, o seu desate é sempre provisório e parcial, uma vez que a leitura que o desvenda pode vir a ser apenas parte da construção do enigma e só é possível a partir de um novo verso enigmático que se adicione ao elaborado anteriormente. Neste sentido, a noção de amarração, assim como a macumba, compreende-se como um fenômeno polifônico, ambivalente e inacabado.

Desta forma, o que é aqui proposto é um exercício diacrítico, a partir das potências próprias das macumbas. Assim, lançando mão dos conhecimentos circundantes a esse pluriverso, atando o ponto do que chamamos de uma epistemologia das macumbas, buscamos transgredir com as estruturas coloniais do saber, enunciando e credibilizando a existência e as práticas de conhecimento desse outro historicamente subalternizado. Nessa perspectiva, o termo macumba se expressa de forma ambivalente: é lançado como a expressão que resguarda a intenção de regulação de um poder sobre outro — neste caso, do colonialismo para com as práticas colonizadas —, mas também aponta um vazio deixado. É neste vazio — fresta — que eclodem as táticas de resiliência que jogam com as ambiguidades do poder, dando golpes nos interstícios da própria estrutura ideológica dominante. Assim, as culturas identificadas como macumbas emergem tanto de seus repertórios vernaculares quanto dos vazios deixados pela ordem ideológica vigente.

Nessa dinâmica, toda a carga simbólica investida na noção de macumba como algo que abarca as predileções da política colonial são desdobradas pela polissemia do termo, que mais do que apontar para a vastidão dos repertórios possíveis de serem identificados pela terminologia, também aponta para a impossibilidade de fechamento da mesma. Ou seja, aquilo que se designa como macumba pode ser tanto uma coisa como outra, ou até mesmo duas ou mais em justaposição.

A macumba, em um primeiro momento, seria aquilo que apresenta as marcas da diversidade de expressões subalternas codificadas no mundo colonial, investidas de tentativas de controle por meio da produção do estereótipo. Encruzada a esta perspectiva está a macumba como uma potência híbrida que escorre para um não lugar, transita como um "corpo estranho" no processo civilizatório, não se ajustando à política colonial e ao mesmo tempo o reinventando. Como signo ambivalente que é, desliza e encontra frestas nos limites do poder, como potência do corpo que carrega em si parte possível de coexistência e de interpenetração.

O alinhave de ensaios que deflagram a amarração de uma epistemologia das macumbas só é possível se escrito por uma caneta que é pemba que risca o fundamento da magia, mas é também faca de ponta que rasga, pontilha e desenha novas cissuras. No campo de mandinga são estas as estripulias de nossa malta.

Aqui saímos em dupla para o ganho. Se for para vestir carapuças, que façamos como Exu, com uma banda em cada tom. Para quem nos observa, basta desatar o verso e brigar por uma verdade que não almejamos. Se nesta gira baixam intelectualidades, a que nos pega é a da encruza, da dúvida, da cisma, de um dizer com vários entenderes[1]. Jardim Nova Era, Madureira ou qualquer outra margem versam na mesma banda, são os tempos/espaços em que nós brincamos de tambor e inventamos, a partir dos chãos onde os nossos umbigos estão enterrados, os mundos. Sentimos/fazemos/pensamos na fronteira, de forma cruzada. Para quem cospe marafo na encruza não há universalismo que se sustente, qualquer pretensão é desmantelada na primeira vibração do transe. Para quem versa em mais de uma gramática, só se constitui saber no cruzo, e a catequese epistemológica

---

[1] Menção ao pensamento do mestre jongueiro Jefinho de Guaratinguetá.

do Ocidente europeu já não mais assombra, porque nós cumprimos o rito, praticamos o ebó.

Este é o primeiro improviso, um dos fios alinhavados em uma esteira trançada a quatro mãos, desafio que nós, cambonos deste mundão, assumimos como macumbaria da arte, vida e conhecimento. O ponto está riscado: há que se ler a poética para se entender a política, há que se ler o encanto para se entender a ciência.

Encruzilhadas

Odará, morador da encruzilhada,
Firma seu ponto com sete facas cruzadas,
Filho de pemba pede com fé,
Ao Seu Sete Encruzilhadas que ele dá o que você quer!

[PONTO CANTADO]

AS ENCRUZILHADAS SÃO LUGARES DE ENCANTAMENTOS para todos os povos. Basta beber na fonte do conhecimento do mestre para se perceber que as encruzas sempre espantaram e seduziram as mulheres e os homens. E dariam até mesmo um ótimo enredo para qualquer escola de samba.

Os gregos e romanos ofertavam a Hécate, a deusa dos mistérios do fogo e da lua nova, oferendas nas encruzilhadas. No Alto Araguaia, era costume indígena oferecer comidas propiciatórias para a boa sorte nos entroncamentos de caminhos. O padre José de Anchieta menciona presentes que os tupis ofertavam ao curupira nas encruzilhadas dos atalhos. O profeta Ezequiel viu o rei da Babilônia consultando a sorte numa encruzilhada. Gil Vicente, no *Auto das Fadas*, conta a história da feiticeira Genebra Pereira, que vivia pelas encruzilhadas evocando o poder feminino. Para os africanos, o *Aluvaiá* dos bantos, aquele que os iorubás conhecem como Exu e os fons como Legbá, mora nas encruzas.

Conta o povo do Congo que Nzazi imolou em uma encruzilhada um carneiro para fazer, esticando a pele do bicho num tronco oco, Ingoma, o primeiro tambor do mundo. No universo fabuloso da música, dizem que Robert Johnson, uma lenda do blues, negociou a alma com o Tinhoso numa encruzilhada do Mississipi. No Brasil caipira, há mitos sobre a destreza que alguns violeiros conseguiam ao evocar o sobrenatural num cruzamento de caminho.

O violeiro Paulo Freire (músico e historiador do instrumento) conta que um dos ritos de mandinga era enfiar a mão no buraco de uma parede de taipa de uma igreja deserta, localizada em uma encruzilhada, à meia-noite. Bastava então invocar o Sete Peles e sentir uma mão agarrar e quebrar todos os seus dedos. Após a recuperação das fraturas, o dom para o instrumento iria aflorar. Para quebrar o pacto, o violeiro deveria virar devoto de São Gonçalo do Amarante, enfeitar o instrumento com fitas coloridas e mandar o Coisa Ruim de volta às profundezas.

A partir dessas percepções, podemos concluir que a perspectiva da encruzilhada como potência de mundo está diretamente ligada ao que podemos chamar de culturas de síncope. Elas só são possíveis onde a vida seja percebida a partir da ideia dos cruzamentos de caminhos. A base rítmica do samba urbano carioca é africana e o seu fundamento é a síncope. Sem cair nos meandros da teoria musical, basta dizer que a síncope é uma alteração inesperada no ritmo, causada pelo prolongamento de uma nota emitida em tempo fraco sobre um tempo forte. Na prática, a síncope rompe com a constância, quebra a sequência previsível e proporciona uma sensação de vazio que logo é preenchida de forma inesperada.

Desatando esse verso, matutamos a necessidade de se pensar uma cultura de síncope, um traçado tático, feito pemba riscada, contra a tendência de normatização e planificação dos modos de ser das mulheres e dos homens no mundo contemporâneo. Por mais que alguns botem a boca no trombone, o que se percebe é ainda a apologia ao ser monocultural. Até mesmo setores progressistas parecem não conseguir superar a ideia da missão civilizadora das luzes, que deve consistir na generalização do acesso das camadas populares aos padrões de representatividade, consumo e educação sugeridos pelo cânone. Inclusão normativa e domesticada, em suma.

Nos inquieta como os discursos, revestidos de sincero viés libertador e boas intenções, são empobrecedores das potencialidades humanas. Educados na lógica normativa, somos incapazes de atentar para as culturas de síncope, aquelas que subvertem ritmos, rompem constâncias, acham soluções imprevisíveis e criam maneiras imaginativas de se preencher o vazio, com corpos, vozes, cantos. O problema é que para reconhecer isso temos que sair do conforto dos sofás epistemológicos e nos lançar na encruzilhada da alteridade, menos como mecanismo de compreensão apenas (normalmente estéril) e mais como vivência compartilhada. A síncope é a arte de dizer quando não se diz e não dizer quando se está dizendo.

Certamente essa atenção para a síncope reverbera na maneira como encaramos o fenômeno educativo. É importante que problematizemos a educação reconhecendo os equívocos praticados, para então buscarmos uma saída original, potente e incômoda. Estamos convencidos de que nós, educadores, temos uma tarefa urgente: precisamos nos deseducar do cânone limitador para que tenhamos condições de ampliar os horizontes do mundo, nossos e das nossas alunas e alunos. Educação deve gerar gente feliz, escrevendo, batendo tambor, dando pirueta, imitando bicho, fazendo ciência e gingando com gana de viver.

As culturas de síncope nos fornecem condições para praticarmos estripulias que venham a rasurar a pretensa universalidade do cânone ocidental. Impulsionados pelas sabedorias dessas culturas, temos como desafio principal a transgressão do cânone. Transgredi-lo não é negá-lo, mas sim encantá-lo, cruzando-o a outras perspectivas. Em outras palavras, é cuspi-lo na encruza. Enquanto algumas mentalidades insistem em ler o mundo em dicotomias, teimando na superação de um lado pelo outro, o poder da síncope se inscreve no cruzo. É no limite entre o que é cruzado que o catiço pratica seus rodopios inventivos. Assim, uma educação que busca ser emancipatória, ato de deseducação do cânone e dos seus binarismos, terá de versar no que chamamos de uma pedagogia das encruzilhadas.

A encruzilhada é o tempo e espaço onde se desferem os contragolpes do homem comum. Lá se joga o punhal de ponta para cima, para que o mesmo caia de ponta para baixo. Os giros, dribles, negaças e virações são mais que necessários. Desobediência e inconformismo são também fundamentais para a produção de uma certa "cisma epistêmica" que favoreça a tática da deseducação. A educação brasileira versada nas carteiras das escolas e universidades não pode estar isenta de uma crítica que exponha os seus limites. Por mais que reconheçamos que existe uma pluralidade de práticas e contextos educativos, sabemos que o modo dominante constitui-se como um projeto que não contempla a diversidade. Ao contrário, produz tudo que está fora de seus limites como incredível e subalterno.

A experiência da escolarização no Brasil é fundamentada pelo colonialismo europeu-ocidental e pelas políticas de expansão e conversão da fé cristã. A marafunda atada por esse empreendimento corroborou com a perseguição, a criminalização e o extermínio de uma infinidade de outros saberes. Porém, nos cabe ressaltar que o poder que se encanta e pulsa nas encruzas é aquele que faz o erro virar acerto e o acerto virar erro. Assim, haverá sempre uma fresta e para cada regra sempre haverá uma transgressão. As presenças dos encantes nas bandas de cá do Atlântico dimensionam a não redenção do projeto colonial. O dono da rua, morador da encruzilhada, manteve a dinamização das invenções da vida nas esquinas da modernidade. Se o colonialismo edificou a cruz como égide de seu projeto de dominação, aqui nós reinventamos o mundo transformando a cruz em encruzilhada e praticando-a como campo de possibilidades.

No riscar do ponto de uma pedagogia encruzada, Exu é aquele que come primeiro. As formas de conhecimento e de educação que o negam são modos imóveis e avessos às transformações. Exu é o princípio dinâmico fundamental a todo e qualquer ato criativo. Elemento responsável pelas diferentes formas de comunicação, é ele o tradutor e linguista do sistema mundo. As mentalidades que buscam interditá-lo, pintando-o como o "diabo a quatro", restringem suas visões, invisibilizando um vasto repertório de sabedorias que alargam as possibilidades de interação e invenção de outras possibilidades. A máxima cruzada nos cotidianos, que reivindica a expulsão dos demônios, entoa o louvor do encapsulamento epistêmico que revela o padecimento dos corpos assombrados pelo carrego colonial. Como contragolpe sugerimos, ao invés da expulsão, a libertação dos demônios. A narrativa popular do diabo aprisionado na garrafa nos dá algumas pistas sobre como desatar essa marafunda. Isso porque a mesma serve para problematizar parte dos dilemas que enfrentamos no campo do conhecimento e da educação. Contam que o Diabo enclausurado em uma garrafa e trancafiado por uma rolha de madeira é resultado de um pacto. A tal travessura de trancafiá-lo renderia ao sujeito, autor da faceta, certa promessa de prosperidade. Isso se daria porque o Capiroto estaria domesticado e faria o que fosse pedido. Porém, os mais sabidos no assunto narram que aquele que portasse o Indesejado na garrafa, no momento que fosse *oló*, seria arrastado sem escalas para os quintos dos infernos, fazendo companhia ao demo por toda eternidade.

A interdição de outras perspectivas de mundo em favor da normatização de um modo canônico produziu mentalidades blindadas pelo colonialismo. Essas mentalidades permaneceram mantenedoras e reprodutoras de uma toada de negação da diversidade. Dessa forma, destacamos que reduzir a complexidade das cosmovisões negro-africanas e indígenas aos limites do pensamento ocidental e dos seus regimes de verdade é o mesmo que enclausurar o diabo na garrafa.

O pensamento moderno pactuou com esse feito. A construção do cânone ocidental alçou a sua edificação em detrimento da subalternização de uma infinidade de outros conhecimentos assentados em outras lógicas e racionalidades. A pretensão de grandeza do cânone, na busca por ser o único modo de saber possível, provocou o desmantelamento cognitivo, o desarranjo das memórias, o trauma físico, simbólico e a perda da potência de milhares de mulheres e homens que tiveram como única opção o enquadramento na norma. Porém, em meio a essas travessias sempre existiram encruzilhadas para serem praticadas.

A perseguição, criminalização, vigilância e enclausuramento de algumas sabedorias não foram suficientes para a totalização do cânone ocidental como única possibilidade. A modernidade-colonial, ao pintar o "diabo a quatro" e engarrafar outros modos de saber em prol da sua dominação, lançou seu próprio projeto nos infernos das ignorâncias. Lá somos cativos, regulados e espreitados por um capeta monorracional. Esse inferno e demônio, por sua vez, só são possíveis de serem significados e experienciados nos limites da própria razão que os produziu.

Nessa peleja, se alguns saberes tiveram como destino o aprisionamento nas garrafas, outros tantos escapuliram, rodopiaram mundo afora, firmando ponto nas esquinas do Novo Mundo. Por aqui, Santo Antônio pequenino foi feito cavalo, encarnou a potência dos movimentos e transformações, amansou o burro brabo, batalhou e junto com seus cinquenta mil diabos, despachou o carrego colonial para as cucuias.

A pedagogia das encruzilhadas é versada como contragolpe, um projeto político/epistemológico/educativo que tem como finalidade principal desobsediar os carregos do racismo/colonialismo através da transgressão do cânone ocidental. Esse projeto compreende uma série de ações táticas que chamamos de cruzos. São essas táticas, fundamentadas nas culturas de síncope, que operam esculhambando as normatizações. Os cruzos atravessam e demarcam zonas de fronteira. Essas zonas cruzadas, fronteiriças, são os lugares de vazio que serão preenchidos pelos corpos, sons e palavras. Desses preenchimentos emergirão outras possibilidades de invenção da vida firmadas nos tons das diversidades de saberes, das transformações radicais e da justiça cognitiva.

Cabe a nós dizer que as culturas de síncope e a pedagogia das encruzilhadas, como versos cruzados de uma mesma amarração, só são possíveis por conta da proeminência de Exu. É Elegbara (Senhor do Poder Mágico), princípio e potência de imprevisibilidade, dinamismo e possibilidade, que dá o tom dos sincopados que quebram as instâncias normativas e nos propõem outros caminhos. É Igbá Ketá (Senhor da terceira cabaça), que nos chama atenção para as dúvidas que ofuscam a luz de determinados regimes de verdade. É o seu poder que ressalta o caráter das ambivalências e nos aponta a perspectiva que se inscreve na transgressão das dicotomias. É Enugbarijó (Senhor da boca coletiva) que nos propicia o arremate, já que é ele que engole de um jeito para cuspir de outro. É a boca que tudo come e o corpo que tudo dá. É ele que versa sobre as transformações radicais e sobre a necessidade constante de reinvenção da vida. São os catiços (Povo da Rua) que nos orientam a olhar o mundo de viés e a gargalhar das limitações e arrogâncias das razões que se pretendem únicas. É nas encruzas que se despacham as heranças do colonialismo, regadas a baforadas de fumaça, nuvens de marafo, farofas e vinténs. É na encruzilhada de saberes que se praticam os ebós epistêmicos.

Haveremos de nos inspirar em Exu para praticarmos estripulias nos conhecimentos, na vida e na arte. Exu é caminhante, vagabundeia pelo mundo, na importante missão de dotar-se, paradoxalmente, de potentes irrelevâncias.

Houve um dia em que Exu passou a ir à casa de Oxalá e por lá permaneceu durante dezesseis anos. Exu não perguntava; apenas observava e prestava atenção. Exu aprendeu tudo. Oxalá disse a Exu para postar-se na encruzilhada por onde passavam os que vinham à sua casa. Exu permaneceu por lá, tomando conta para que todos que viessem até Oxalá não passassem sem destinar suas oferendas. Exu havia aprendido tudo e agora podia ajudar Oxalá em suas funções. Exu desempenhava seu trabalho com tanto êxito que Oxalá decidiu recompensá-lo: qualquer um que viesse ou que voltasse de sua casa deveria pagar algo a Exu também. Exu trabalhou, prosperou e fez da encruzilhada a sua morada. Todos que cruzam e tudo que passa pela encruzilhada, desde então, precisam prestar os devidos cumprimentos a ele.

De nossa parte, as encruzas são perspectivas de mundo. Não só elas, mas todo o repertório de invenções que se amalgamam naquilo que chamamos de *epistemologia das macumbas*. É no chão batido, no bater cabeça, na pemba riscada, na fumaça das ervas da jurema, no sacrifício que encanta a vida que buscamos desconforto, alegria e conceito. As educações plantadas em nós como axé são a nossa centralidade e legado. Os tambores sincopados certamente explicam — em suas gramáticas de toques que falam sem palavras para que os corpos dancem — a viração que aqui defendemos: se eles não tocam, não somos.

O fato é que a humanidade sempre encarou os caminhos cruzados com temor e encantamento. A encruzilhada, afinal, é o lugar das incertezas, das veredas e do espanto de se perceber que viver pressupõe o risco das escolhas. Para onde caminhar? A encruzilhada desconforta; esse é o seu fascínio. O que dizemos dessa história toda é que as nossas vidas nós mesmos encantamos. Há que se praticar o rito; pedimos licença ao invisível e seguimos como herdeiros miúdos do espírito humano, fazendo do espanto o fio condutor da sorte. Nós que somos das encruzilhadas, desconfiamos é daqueles do caminho reto.

> *Lá na encruza, existe um homem valente,*
> *Com sua capa e cartola, seu punhal e tridente,*
> *É madrugada e ele está ao meu lado,*
> *Por isso eu te peço, Tranca Rua, seja meu advogado!*
>
> [PONTO CANTADO]

Cadê Viramundo, pemba?

Encruza, encruza, encruza o terreiro encruza;
Encruza o terreiro encruza, na fé de Oxalá encruza!

[PONTO CANTADO]

AS ENCRUZILHADAS, SEUS DOMÍNIOS E POTÊNCIAS são campos proeminentes para o que viemos indicar como rasura conceitual. Em uma perspectiva macumbística a rasura se compreende como ponto riscado, amarração, um emaranhado de símbolos imbricados que enigmatizam e ressignificam os sentidos. A rasura praticada invoca os princípios assentes nas dimensões do inacabamento e da imprevisibilidade, vindo a produzir efeitos de encantamento. O encante, por sua vez, vem a configurar-se com a prática/rito de potencialização dos princípios que inferem mobilidade. Estes, por sua vez, designam caminhos enquanto possibilidades. Assim, a rasura e o encante de determinados conhecimentos por outros só é possível a partir do que compreendemos como a arte de cruzamento.

O cruzo, o encruzamento ou o encruzar emerge como perspectiva teórico-metodológica assentada nos complexos de saber das macumbas brasileiras. Fiel aos princípios exusíacos, o encruzar dá o tom dos caracteres diversos, ambivalentes e inacabados dos conhecimentos existentes/praticados no mundo. Reivindicar o reconhecimento/legitimidade de determinado campo de saber como possibilidade credível implica em assumir suas potências e inacabamentos teórico-metodológicos como fontes para repensar o próprio campo, e também como possibilidade de pensar e de dialogar com outros. Em outras palavras, reconhecermos as macumbas brasileiras como lócus de produção de conhecimentos implica em, principalmente, partirmos de suas próprias bases prática-teóricas para repensá-las, como também para pensar, a partir de seus princípios — historicamente subalternizados —, outros campos, sempre como um fazer inacabado e dialógico, feito as artes do saber dos velhos cumbas — aquela que amarra e desamarra pontos, costurando uma rede infinita.

Assim, não há saber socialmente tecido e compartilhado que não seja também um saber praticado. Encruzado a essa premissa apontamos as infinidades dos saberes que compõem os universos cotidianos. O cotidiano como campo inventivo revela uma infinita trama de saberes que são expressos nos corpos das práticas e dos praticantes. Assim, as práticas cotidianas emergem como formas de saber-fazer.

Confrontar as dicotomias produzidas nas tradições de pensamento que não reconhecem as noções de teoria e prática como parte de um único fazer é uma das implicações fundamentais do que aqui propomos como epistemologias das macumbas. Nesse sentido, todos os saberes compreendidos dentro do vasto repertório das macumbas só se tornam reconhecidos e credíveis assim, uma vez que foram ou serão praticados. É através desse aspecto que o rito emerge como elemento que define o caráter dessas práticas e de seus praticantes, deslocando a lógica que se centra no esgotamento das explicações a partir da razão. Assim, independentemente de qualquer coisa, há que se cumprir o rito. A complexa trama de práticas de saber que compõe a amálgama macumba é fundamentada nas circulações de experiências que forjam uma espécie de gramática própria.

Nas bases desses conhecimentos, a experiência ocupa lugar fundamental para a tessitura de nossas reflexões. Todos os seres adquiriram e continuam a adquirir sabedoria ao longo de diferentes rotas nutridas pela experiência.

Partimos do pressuposto de que as experiências circuladas nas práticas são únicas, inesgotáveis e intransferíveis, enredam-se alinhavando uma complexa e diversificada trama de conhecimentos. As macumbas brasileiras, codificadas como contextos educativos, de formações e produções de saberes que se assentam em racionalidades opostas à normatividade do cânone ocidental, vêm potencializar as experiências subalternas como ações transgressoras. Essas ações, cruzos/rasuras conceituais são comprometidas com uma transformação radical que ao operar sobre o debate epistemológico busca tensionar as problematizações acerca das justiças cognitivas e sociais.

Os conceitos emergentes de uma epistemologia subalterna visam ao deslocamento da primazia do modelo de racionalidade fundado e gerido por uma política racista/colonial. Assim, a prática do cruzo é transgressiva de atravessamento, sucateamento e antidisciplina. Cabe ressaltar que a dimensão do cruzo como uma rasura não busca a negação total das compreensões afetadas; a arte do cruzo busca o encantamento das mesmas: desamarramos para atar de outra maneira, engolimos para cuspir de forma transformada. Assim, não estamos defendendo a substituição das bases conceituais centradas em um modo de racionalidade dominante por outras assentes em racionalidades emergentes. A nossa sugestão é que as macumbas brasileiras compreendam-se como um complexo de saberes que forjam epistemologias próprias, cosmopolitas e pluriversais. Nesse sentido, a relação com diferentes saberes potencializaria a prática do cruzo, em um exercício dialógico e polirracionalista.

Cabe ressaltar que os saberes das macumbas brasileiras forjam-se em meio às dinâmicas coloniais, sejam as de outrora ou as dos dias de hoje. Nesse sentido, cabe considerar que há um imperativo exercido pelo poder colonial que é a tentativa de homogeneização das formas de saber e das linguagens eleitas como válidas. Assim, a tessitura dessa rede cosmopolita de saberes subalternos se enreda em meio a uma dinâmica alteritária, de correlações de forças desiguais e afetada pelas mais diferentes formas de violência.

Consideramos o conflito como uma lógica imperante dos contextos dessas produções e a negociação como forma de sociabilidade, resiliência e invenção. Destacamos essas formas de negociação como formas de trânsito, deslocamentos contínuos, jogos, disputas e seduções. Assim, projetar o mundo a partir de uma perspectiva que se oriente pelo cruzo e as suas inúmeras possibilidades de recriação redefine o lugar da produção/manutenção de saber de uma determinada perspectiva monológica — como no caso da racionalidade ocidental e seu caráter monorracional — para uma perspectiva polirracional, assentada e orientada por inúmeras lógicas.

As proposições trançadas nas esteiras das epistemologias das macumbas têm os fazeres cotidianos dos terreiros, esquinas, rodas e mercados como tempos/espaços geradores dos saberes que substanciam as artes do cruzo. Os encruzamentos emergem como princípios éticos e estéticos, poéticos e políticos de ressignificação da vida nos cotidianos forjados na fornalha do racismo/colonialismo. A questão posta é a mesma que é mantenedora de subjetividades inconformistas que canalizam as suas potências rebeldes como práticas emancipatórias. A questão deflagra-se como uma amarração versada e lançada da boca de um poeta feiticeiro: a cruz de uma banda encruzou-se na outra! A cruz, égide da violência colonial, encruza-se à encruzilhada de Exu, campo de possibilidades.

Os saberes assentados nas macumbas são versados nas práticas, assim, a realidade a ser pensada é a mesma que é constituída diante da capacidade de interação dos agentes envolvidos em um determinado tempo/espaço. Essas interações não privilegiam uma determinada especificidade humana, como caráter distinto e privilegiado, fortalecendo as oposições natureza/cultura e ser humano/animal como presentes no postulado das tradições ocidentais. Dessa forma, as múltiplas possibilidades de relações a serem desenvolvidas pressupõem a coexistência de variadas realidades e naturezas e de uma infinidade de saberes que interagem com essa diversidade.

Einstein desestabilizou o paradigma da ciência moderna com as suas noções de relatividade e simultaneidade, revolucionando as concepções de tempo e espaço, partindo do sentido de que dois acontecimentos simultâneos num sistema de referência não são simultâneos noutro sistema de referência. Os conhecimentos das macumbas partem dos princípios explicativos acerca das interações entre tempos/espaços visíveis e invisíveis, *orun* e *ayê*, credibilizando as perspectivas da multilateralidade e multitemporalidade como modos operantes na produção dos eventos, ou seja, de toda e qualquer forma de ação e criação.

Assim, partindo da compreensão de que não há simultaneidade universal e tempo/espaços absolutos, calçamos o entendimento acerca das produções de saber nas dimensões das experiências, considerando os elementos de mobilidade, imprevisibilidade e possibilidade, únicos e circunstanciais que fundamentam as produções de saber. Dessa forma, o rigor científico tão categorizado pelo modo da racionalidade ocidental passa a ser compreendido como uma produção assente em um determinado localismo. Não somente os rigores acerca do fazer científico, como a própria problemática acerca do que fundamenta o que é ou não ciência passam a ser questões compreendidas a partir de um localismo.

Para enveredarmos pelas práticas de saber assentes nas macumbas precisamos, antes, descentrar a primazia do postulado ocidental como única presença possível. Nesse sentido, credibilizar outras epistemologias pressupõe também credibilizar outras ontologias. Consideramos que todo saber pressupõe determinadas experiências e as mesmas forjam-se de forma contextual, a partir de princípios e lógicas que lhes são próprias. Na perspectiva do saber-fazer — inscrito e lido, a partir das macumbas — a máxima "penso, logo existo", cunhada por Descartes, vem a ser rasurada por outras trançadas nas esteiras das práticas de terreiros. São elas, o "vibro, logo existo", "danço, logo existo", "toco, logo existo", "incorporo, logo existo" e "sacrifico, logo existo".

Todas essas máximas cunhadas nos chãos e axés das macumbas brasileiras vêm deslocar a primazia presente na razão ocidental que expressa, na edificação da cabeça em detrimento do corpo, a representação do saber/poder de seu modo de racionalidade. A rasura aqui proposta não parte da fragmentação, mas sim do reconhecimento da integralidade corpórea. As epistemologias das macumbas rompem com a lógica dominante ocidental, que se orienta por um corpo que se movimenta contrário à sua cabeça. No lugar do corpo como impossibilidade, como não saber, casto, velado pelo pecado e pela culpa cristã, emerge o falo ereto. Encarnando uma traquinagem exusíaca e operando em uma tática esculhambadora, colocamos o pau de Exu para fora como representação da mobilidade e da perpetuação dos saberes assentados no corpo e consequentemente nas epistemologias das macumbas.

As máximas macumbísticas não só apontam o corpo, historicamente negado e regulado, como potência de saber, como também deslocam o ser humano, que ao longo da história ocupa lugar de distinção por ser considerado dotado de racionalidade, para um lugar de rasura e interseção com outras presenças. Estas presenças podem ser não materializáveis, como no caso dos fenômenos da incorporação ou de outras naturezas, como na interação com as plantas, sementes, alimentos e animais que ao serem ofertados vêm a se fundir na vitalidade do ser, deslocando a supremacia de um sobre outro, ressignificando a noção de cadeia e interligação.

As epistemologias das macumbas rompem com as dicotomias consagradas ao longo da edificação do paradigma científico moderno. Desde a distinção natureza/ser humano, fundamental na revolução científica no século XVI, até as sobrepostas nos séculos seguintes, como as distinções natureza/cultura e ser humano/animal, essas dicotomias foram o caminho para a consagração no século XVIII do viés de caráter único do ser humano. Os saberes assentes nas macumbas propõem-se a pensar uma relação ecológica entre essas diferenças, pautando uma não hierarquização, uma interdependência e a presença credível de caracteres cruzados dessas existências. Nos saberes assentados nas macumbas brasileiras, ser bicho, gente, leito de rio, pedreira ou variadas coisas ao mesmo tempo é uma questão de perspectiva. Assim, de nenhuma forma uma possibilidade é excludente da outra.

A noção de humanidade, tão presente nos discursos do paradigma científico ocidental, seria deslocada para o que aqui sugerimos como as noções de encantamento e desencantamento. Tudo que há no universo está sobessas dinâmicas, porém essa condição é compreendida não nos limites de vida e morte das tradições ocidentais. Para parte dos saberes negro-africanos e ameríndios, significados nas bandas de cá do Atlântico, as noções de encantamento e desencantamento ou vivo e não vivo estariam ligadas à capacidade de manutenção de energia vital ou na não detenção dessa energia. Um ancestral de um determinado grupo, mesmo na condição do que conhecemos como desencarnado, ocupa uma condição de vivo, uma vez que interage, é lembrado, é reverenciado e participa das dinâmicas da vida e do cotidiano daquele grupo. Nesse caso, a condição de não vivo estaria vinculada ao esquecimento. Ou seja, perda de potência.

Essa perspectiva é posta para tudo que compõe a vida e as suas interações no mundo: gente, pedra, rio, planta, palavra, tudo que existe pode estar sob a condição de encantamento ou desencantamento. Nesse sentido, propomos o arrebatamento epistêmico, ao invés de ciências humanas, reivindicamos a noção de ciência encantada. Essa provocação/sugestão é encarnada das sabedorias negro-africanas transladadas pelo Atlântico, traçada junto às sabedorias ameríndias e às demais contribuições que cruzaram por nossas macaias.

A fundamentação de uma ciência encantada nos provoca a problematizar as ciências humanas e o conceito de humanidade, assim como foram veiculados ao longo do tempo. Dessa forma, partimos da orientação de que ambas as noções padecem de uma condição de desencantamento, ou seja, de não vitalidade. Os desencantamentos das ciências humanas e da noção de humanidade assentam-se, basicamente, na incapacidade que os modelos alicerçados nos paradigmas do Ocidente europeu têm de não reconhecer outras perspectivas ontológicas, epistemológicas, cosmogônicas e filosóficas produzidas fora do eixo em que ele julga se encontrar (Ocidente europeu como ideologia).

Outro fator é a incapacidade de descentrar a experiência de saber de mundo da figuração da espécie humana como mantenedora única desse saber. Para uma epistemologia das macumbas há que se credibilizar as inúmeras formas de experiências, principalmente aquelas não possíveis no colonialismo ocidental, como mantenedoras e produtoras de saber. Pedras de rio, caroços de dendê, plantas, animais, sons, conchas e muitas outras formas são, na relação com o que inventamos da vida, formas de manutenção, produção e orientação de saberes assentados em outras lógicas.

Uma epistemologia traçada nos saberes dos terreiros, rodas e encruzilhadas deve debruçar-se não somente sobre as bases que codificam o complexo de saber das macumbas. Ela deve lançar-se, a partir dos princípios e potências fundamentadas nesse complexo, à tarefa de pensar o mundo e repensar suas próprias práticas. Esse é um dos desafios que nos está posto.

O pesquisador cambono

Cambono, camboninho meu, meus cambonos;
Olha que Exu vai oló;
Sua banda fica aqui, eles vão numa gira só!
[PONTO CANTADO]

A PERSPECTIVA DO CRUZO parte da implicação de que não há como pensar as produções de saber presentes em determinadas práticas culturais sem que nos afetemos e nos alteremos por aquilo que é próprio delas. O cruzo como exercício de rasura e encante conceitual postula-se como parte do caráter teórico-metodológico assente na epistemologia das macumbas. A perspectiva do cruzo na produção de conhecimento configura-se como uma resposta responsável, orientada pelo reconhecimento de que nos formamos, sempre, a partir da relação e do acabamento que nos é dado pelos outros.

O cruzo produz os efeitos de encantamento, e as consequências advindas de suas operações são compreendidas enquanto possibilidades. Assim, a perspectiva do cruzo emerge enquanto conhecimento credível e necessário, pois partimos da orientação de que o mundo, os seres e as práticas sociais não estão acabados e de que os conhecimentos possíveis não se esgotam na esteira de um modo de saber que se reivindica único.

Por mais que existam esforços para que a noção de realidade e as suas produções sejam mantidas a partir de uma perspectiva desencantada, ou seja, de uma compreensão que exclui a diversidade do mundo e as suas potências criativas, os conhecimentos assentes em outras lógicas/experiências nos chamam a atenção para outros caminhos. Estes caminhos, por sua vez, só são possíveis a partir da lógica do encantamento. Um saber encantado é aquele que não passa pela experiência da morte. A morte é aqui compreendida como o fechamento de possibilidades, o esquecimento, a ausência de poder criativo, de produção renovável e de mobilidade: o desencantamento.

Dessa forma, a perspectiva do encantamento implica na capacidade de transcendência da condição de morte — imobilidade — que assola os conhecimentos versados em monologismos/universalismos. O cruzo, como a arte das amarrações e dos enlaces de inúmeros saberes praticados, produz os efeitos de encante; aqueles que se constituem através das mobilidades e das potências presentes nas zonas de contato — encruzilhadas — formadas por múltiplos saberes. O alargamento do presente, a coexistência de outras cosmovisões e temporalidades e o conhecimento como prática de autoconhecimento são indicações de possibilidades, a partir do exercício do cruzo e das encantarias versadas em seus entroncamentos.

É a partir dos aspectos mencionados acima que avançamos em nossas reflexões acerca da reivindicação de uma epistemologia das macumbas, que só pode ser pensada nos traçados, nos cruzamentos, no sentido das relações dialógicas e inacabadas. Cabe dizer que mesmo com uma série de produções que tematizam os conhecimentos/práticas das culturas de terreiros em uma perspectiva que se quer horizontal — muitas vezes produzidas de forma tática pelos seus próprios praticantes — ainda há um forte impacto dos discursos forjados em tradições que se conformam em seus caracteres etnocêntricos. Nestes casos, o que é versado frequentemente faz com que determinadas vozes silenciem outras.

Outra questão a ser problematizada é a constatação de que mesmo com um recente crescimento das produções nos campos das tradições populares, principalmente as que ressaltam os traços e contribuições das histórias e culturas africanas, afro-brasileiras e ameríndias, ainda existe a demanda e a necessidade de esforços na produção de debates que as coloquem em relação à presença do cruzo. Neste sentido, a perspectiva do cruzo risca traçados e pontos através de inúmeras práticas que circundam as infinitas sabedorias recriadas nos trânsitos, fluxos, embates e negociações. Despedaçadas ao longo da experiência colonial, estas sabedorias se reconstruíram inventando terreiros, mundos, saberes/fazeres e poéticas/políticas. Todas estas potências compreendidas nas práticas ressaltam o caráter intercultural dos saberes integrados no complexo das macumbas.

Compreendemos que a perspectiva do cruzo risca pontos e traçados entre saberes distintos, sejam eles os próprios das produções centradas no eixo da modernidade ocidental, sejam os das produções advindas dos complexos subalternos ou, até mesmo, no interior de cada um deles. O cruzo como uma prática que visa produzir encantamento contribui para relações ecológicas/encruzadas entre as múltiplas práticas de saber socialmente produzidas e circuladas. Na epistemologia das macumbas um dos principais desafios a ser encarado, tanto na ordem das problematizações acerca dos conhecimentos quanto na feitura das pesquisas, é a capacidade de se lançar em uma espécie de rodopio.

O rodopio configura-se como o giro que desloca os eixos referenciais, fazendo com que aqueles princípios que comumente são compreendidos como objetos a serem investigados e que por uma série de relações de saber/poder são mantidos sobre uma espécie de regulação discursiva sejam credibilizados como potências emergentes e transgressivas. Falamos de amarrações versadas, balaios, pontos riscados que enigmatizam e anunciam outros princípios explicativos de mundo, orientados por outras lógicas de saber que revelam experiências que emergem como outros referenciais.

O rodopio enquanto prática, orientação teórico-metodológica, além de formular uma crítica aos conceitos alicerçados em bases que não aceitam o outro como possibilidade, tensiona o impacto dos discursos provenientes dessas razões arrogantes nas práticas em que elas a elegem como "objetos" a serem estudados. Ou seja, no caso das experiências das culturas populares, em especial das culturas de terreiros, este aspecto se conota como a absorção dos discursos provenientes da ciência pelos praticantes dessas culturas. Essa interlocução se dá de forma hierarquizada, em que os discursos científicos autorizam os discursos dos praticantes, mesmo aqueles tecidos no seio das próprias práticas. Nesses casos, acontece uma espécie de condicionamento e acomodação discursiva, garantida pela circulação dos argumentos que desfrutam de certa credibilidade e autorização por determinados setores que validam o que é ou não conhecimento. A ciência, calçada nas tradições da modernidade ocidental e em diferentes momentos a serviço da política colonial, reivindica o direito de falar sobre o outro sem se deslocar para o lugar do outro, sem buscar observar o mundo a partir dos olhos do outro.

O desafio, neste sentido, se fundamenta em algumas indagações: como comprometer-se com essas questões? Como buscar praticar os rodopios e cruzos no sentido de objetivar uma transformação radical que perpasse necessariamente pelo encantamento dos saberes? Essas perguntas devem ser invocadas a todo o momento, já que em nossas vozes há a presença do outro que nos interpela. A busca, neste caso, é pela mobilidade constante. Os caminhos, ao invés de apresentados como lineares, devem ser codificados em encruzilhadas. É nesse sentido que a partir dos saberes assentados em uma epistemologia das macumbas destacamos o ato de se fazer pesquisa como a prática de quem cambona. Em outras palavras, destacamos as possibilidades das práticas de rodopio, cruzo e encante a partir da atitude do pesquisador cambono.

Ao orientarmos nossas reflexões a partir de um referencial epistêmico que se assenta nas macumbas, indicamos também as orientações metodológicas que são bases para a feitura de nossas pesquisas. Assim, não há a separação dos caracteres políticos, epistemológicos e metodológicos. A lógica que versa a produção de conhecimento nas pesquisas que se orientam sob a epistemologia das macumbas é a das encruzilhadas, ou seja, a dos caminhos enquanto possibilidades. A gira se firma a partir de muitas lógicas e o pesquisador cambono deve estar de corpo aberto para afetar-se por algumas que lhe cruzarão.

Existe uma máxima entoada nos terreiros versada na seguinte sentença: "o cambono é quem mais aprende"! Essa expressão pode variar de lugar para lugar, porém mantém conservado o mote de que os aprendizados, as tessituras de saberes se dão em meio às circulações das experiências cotidianas. Em outras palavras, resguarda a noção de que os conhecimentos presentes nessas práticas são codificados nos chãos e axés dos terreiros. Ao ressaltar a potencialidade circundante aos processos educativos na figura do cambono, a expressão nos desafia e chama atenção para as práticas que envolvem o ser/estar/praticar a arte de cambonar.

O que é o cambono e quais as práticas que envolvem a sua atividade? O direcionamento da questão não se esgota em uma única resposta. O fazer, assim como as compreensões possíveis acerca do fazer, é inacabado. Por mais que encontremos alguns registros que tentem diagramar as práticas de cambonagem, sabemos que nos cotidianos dos terreiros ela é um fazer aberto. Assim, o cambono é uma espécie de auxiliar de pai de santo e das próprias entidades que, ao mesmo tempo, atua como um "faz tudo" no terreiro: ele varre o salão, acende o cachimbo da vovó, sustenta o verso nos corridos, organiza a assistência, auxilia os consulentes, despacha a entrada, opera como tradutor nas consultas, registra o receituário, toma bronca e é orientado. Sem delongas, o cambono firma ponto e segura a pemba em um terreiro.

A figura do cambono como símbolo que compreende uma série de fazeres/saberes é potente para pensarmos a atitude do pesquisador que se orienta pelos saberes assentados nas epistemologias das macumbas. O cambono é aquele que se permite afetar pelo outro e atua em função do outro. No desempenho de suas atividades, participa ativamente das dinâmicas de produção e circulação de saberes. Assim, o cambono é aquele que opera, na interlocução, com todas as atividades que precedem os fazeres/saberes necessários para as aberturas de caminhos.

O pesquisar em atitude de cambono nos desloca e nos coloca diante de uma intrigante condição, pois nos lança na porteira da condição de não saber e da emergência do ato de praticar. Na perspectiva de uma lógica linear de conhecimento, isso pode implicar em uma possível contradição: como praticar o que não se sabe? Ler a relação entre a condição de não saber e a do ato de praticar como dados não opostos confrontam a dicotomia entre teoria e prática, tão presente nos discursos de grande parte do arcabouço científico moderno. Na lógica assente na epistemologia das macumbas a condição de não saber é necessária para o que virá a ser praticado. Essa dinâmica se inscreve na perspectiva de uma forma de educação que é compreendida como experiência, na bricolagem entre conhecimento, vida e arte.

O conhecimento é compreendido não como acúmulo de informação, mas como experiência. Assim, o que se detém enquanto saber está sempre inacabado e em aberto diante das circunstâncias e das formas de relação que serão traçadas. Na lógica do pesquisador cambono é prudente que se recuse qualquer condição de conhecimento prévio que venha a afetar os princípios que inferem mobilidade nas dinâmicas do saber. Manter-se fixo em uma certeza é manter-se não aberto aos efeitos de mobilidade necessários para a prática do cruzo. Neste caso, não estamos defendendo o descrédito das trajetórias obtidas em experiências anteriores como parte formativa do que são as nossas redes de conhecimentos, mas exercitar o jogo de transmutar os nossos saberes em ignorâncias. Os cruzos entre saberes e ignorâncias são fundamentais para que os mesmos possam se manter abertos e expostos a outros movimentos, encantando-se em novas experiências.

O cambono é aquele que deve assumir a condição tática de ignorância, já que também está na condição de constante aprendiz. Como já foi dito, nas macumbas não há saber que em determinada instância não venha a ser praticado. Desta forma, as relações, negociações, desejos, seduções, confianças, trocas e necessidades de infinitas práticas e ritos cotidianos forjam o amálgama de conhecimentos dessas culturas. Em meio às dinâmicas de produção de conhecimento — processos educativos enredados como formas de sociabilidades — existem aqueles que brincam com a lógica: "Meu filho, você sabe como se arruma a firmeza da casa?". Seja qual for a pergunta e seja qual for a sua experiência acerca do que é questionado é prudente que se negue o que se sabe.

Ao negar, mesmo que provisoriamente, o que se sabe, mantém-se em vigor a condição do cruzo. A negação joga com a dúvida a seu favor. A partir dali o que se constituirá? Virá algum apontamento ao encontro de experiências anteriores? Virá uma consideração diferente do que foi aprendido? Virá algo que se soma à experiência anterior? Estão em aberto todas as perspectivas. É no trânsito do saber inacabado e da reivindicação da dúvida constante que habita a astúcia do cambono. Manter-se fiel à dúvida é um princípio do caráter astuto do cambono. O cambono que detém muitas certezas possivelmente terá vida curta em sua função, uma vez que as certezas dificultam o acesso a novas rotas de experiências. Sobre o caráter da figura do cambono emerge ainda outro aspecto que nos é caro e se fundamenta na dimensão ética da produção de conhecimentos em encruzilhadas. Se os conhecimentos são produzidos e encantados nos cruzos, eles não podem ser detidos e mantidos sob a posse de um único agente. Eles devem se manter em mobilidade, em constantes fluxos, em encontros, contaminações e afetos.

A não reivindicação acerca da certeza abre caminhos para a consideração de um dos princípios elementares nas produções de saber assente nas epistemologias das macumbas: o princípio da imprevisibilidade. A certeza, caracterizada como uma peça fundamental da engrenagem que opera os regimes da verdade, teme o princípio da imprevisibilidade; assim como a ética cristã teme o pecado. O princípio da imprevisibilidade encarna uma peripécia exusíaca que, assim como seu autor, nos desloca e nos confronta com a possibilidade de uma verdade que seja única.

Nesse sentido, a questão aqui abordada não escorre para o âmbito de um relativismo, mas aproxima-se da problemática filosófica invocada, a partir da defesa da cor da carapuça de Exu. Ela é preta ou vermelha? A questão aqui colocada — como na traquinagem de Exu para destronar os sábios — é a de problematizar os regimes de verdades que são sempre mantidos e operados em detrimento das diversidades/possibilidades explicativas. O que escorre para fora dos limites do que os regimes de verdades mantêm como regra é amiúde compreendido como exceção. Encarnando aqui um caráter exusíaco, propomos que a exceção dê lugar à transgressão.

A transgressão vista como potência assentada no princípio da imprevisibilidade tensiona os limites das razões totalitárias, causando um verdadeiro quiproquó, destronando o rei e denunciando a sua nudez. A atitude do pesquisador cambono equilibra-se entre a desconfiança das certezas que lhe são apresentadas e dos caminhos que se reivindicam como formas alternativas. É, em suma, um saber cismado, aquele que é aliado da dúvida. A atitude do pesquisador cambono é um ato de praticar a cisma como uma arte de inacabamento. Ele se lança de corpo aberto para os cruzamentos e alinhava suas narrativas acerca dos conhecimentos na mesma medida em que as vive sob a lógica das encruzilhadas. O cambono pratica. É na encruza que ele acende a vela e vela a vida, brindada com o gole de marafo que será cuspido para reinventá-la. Gargalhemos.

A invenção do terreiro

Atravessei o mar a nado
Por cima de dois barris
Só para ver a juremeira
E os caboclos do Brasil
[PONTO CANTADO]

A DIÁSPORA AFRICANA TRANSLADOU uma infinidade de seres humanos para o chamado Novo Mundo. Durante séculos o colonialismo investiu em uma das maiores migrações forçadas da história. Nas travessias, experiências de morte física e simbólica, os corpos negros transladados reinventaram-se, recriando práticas e modos de vida nas bandas de cá do Atlântico. A diáspora africana aponta para muitos caminhos. Nessa trama de muitas possibilidades para pensarmos as dispersões e travessias das populações negras, ressaltamos os aspectos que evidenciam o poder das sabedorias atravessadas e a inventividade dos seres afetados pela retirada compulsória de seus lugares de origem. É nesse sentido que para nós a diáspora africana configura-se como uma encruzilhada.

As inúmeras rotas cruzadas no Atlântico configuraram as experiências das travessias como encruzilhadas; não vistas como somente o tempo/espaço, mas antes de qualquer coisa como um princípio que opera na produção de possibilidades. É Exu que risca o ponto da encruzilhada transatlântica. A política colonial produziu as presenças negro-africanas como impossibilidades, as subalternizando e incutindo o desvio existencial em seus agentes. Porém, em cada esquina dobrada, padê arriado, toco de vela aceso e nuvem de marafo lançada ao ar estão as marcas das reinvenções.

Em cada esquina onde Exu come, o mundo é reinventado enquanto terreiro. Os terreiros, as esquinas, as rodas, os barracões são expressões do caráter inventivo e das sabedorias das populações afetadas pela experiência da dispersão e do não retorno. Na perspectiva da epistemologia das macumbas a noção de terreiro configura-se como tempo/espaço onde o saber é praticado. Assim, todo espaço em que se risca o ritual é terreiro firmado. Nesse sentido, esta noção alarga-se, não se fixando somente nos referenciais centrados no que se compreende como contextos religiosos. A ideia aqui defendida aponta para uma multiplicidade de práticas, saberes e relações tempo/espaciais.

As invenções dos terreiros na diáspora salientam a complexidade dos modos de vida aqui praticados e as possibilidades de relações tecidas. Assim, as muitas possibilidades de configuração de terreiros apontam que os mesmos podem refletir desde uma busca por ressignificação da vida referenciada por um imaginário em África, como também aponta para as disputas, negociações, conflitos, hibridações e alianças que se travam na recodificação de novas práticas, territórios, sociabilidades e laços associativos.

A noção de terreiro orienta-se, conforme sugerimos, a partir das sabedorias assentadas nas práticas culturais. Consideramos que "praticar terreiros" nos possibilita inventar e ler o mundo a partir das lógicas de saberes encantados. As perspectivas encantadas praticam e interpretam o mundo ampliando as possibilidades de invenção, credibilizando a diversidade e referenciando-se naquilo que os próprios fundamentos das mais diferentes "macumbarias" definem como uma ciência encantada.

Assim, os terreiros inventam-se a partir do tempo/espaço praticado, ritualizado pelos saberes e as suas respectivas performances. Essa consideração não despreza a referência dos terreiros a partir de sua fisicalidade, mas alarga o conceito para as dimensões imateriais. Aquilo que damos conta como a materialidade de um terreiro perpassa pelos efeitos e cruzamentos do que pensamos como o saber praticado. O que a noção de terreiro abrange é a possibilidade de se inventar terreiros na ausência de um espaço físico permanente. Assim, abrimos possibilidades para pensar essa noção a partir do rito. As práticas passam a ser a referência elementar. A perspectiva mirada a partir do rito expõe as possibilidades, circunstâncias e imprevisibilidades postas nas dinâmicas de se firmar terreiros.

Dessa forma, a noção de terreiro transbordaria as compreensões que o têm como espaço exclusivo das expressões de culto religioso. O terreiro que propomos pensar problematiza a supremacia do conceito de terreiro vinculado estritamente às práticas consideradas religiosas, como também problematiza a dicotomia e a categorização dos aspectos considerados como sagrados e profanos. A sistematização polarizada entre aspectos sagrados e profanos nos ritos cotidianos viriam a produzir no imaginário popular uma espécie de classificação hierarquizada sobre os seus tempos/espaços praticados. Assim, o tempo/espaço destinado ao que se compreende como rito religioso estaria em condição distinta ao tempo/espaço das invenções rituais das festas.

A questão principal posta sobre essa problematização se estabelece na medida em que as práticas culturais da diáspora africana tendem a transgredir qualquer tentativa de ajuste em esquemas binários. A potência transgressiva dessas práticas se dá na perspectiva de que as mesmas se assentam sobre outras bases de conhecimentos de mundo. Esses conhecimentos operam sob outras perspectivas de invenção da realidade e de relações com as diferenças. Assim, o que emerge para nós como perspectiva é o que se desencadeia sobre a dinâmica de profanação do sagrado e sacralização do profano. Nesse sentido, o terreiro pode ser desde o tempo/espaço em que se fundamenta o saber para a experiência com o sagrado como também o tempo/espaço em que se carnavaliza essa experiência ou até mesmo ambas as possibilidades em imbricação.

Observemos o mercado a partir dos conhecimentos assentados nas macumbas. O mercado encarado sob um viés desencantado exalta a obsessão pelas materialidades e por uma forma de economia que desconsidera a complexidade e multiplicidade das possibilidades de troca, sejam elas materiais ou simbólicas. O mercado, lido e inscrito a partir de uma epistemologia das macumbas, é o mercado de Exu, princípio e potência circundante a toda e qualquer forma de mobilidade, comunicação e possibilidade. O mercado lido a partir de Exu como princípio explicativo é praticado enquanto terreiro. Quem conhece as artimanhas de Exu e crê em seus poderes, ao ir ao mercado pratica os devidos pedidos de licença e cumpre os ritos de reverência ao seu dono. Se conhece e não o faz, é um indício de uma resposta não responsável, uma vez que Exu está sempre nos dando as suas respostas, algumas até mesmo como peças pregadas, nos atando em suas camas de gato.

Quem entra nos mercados, nas feiras, ou sai de casa com a intenção de realização de bons negócios, cumpre o rito de pedir licença a Exu e está praticando o tempo/espaço do mercado como terreiro. O cruzamento das noções de terreiro com a de mercado, a partir dos efeitos de determinados saberes praticados na diáspora africana, alarga tanto a noção de terreiro como a de mercado. O mercado mirado a partir de saberes encantados e assentes em outra perspectiva epistemológica codifica-se como o espaço das múltiplas formas de trocas, uma das moradas de Exu. Os negócios desencadeados sob os efeitos do poder de Exu configuram-se enquanto possibilidades. Assim, a realização de um bom negócio não implica somente no que pode ser percebido no âmbito dos cruzamentos materiais, mas está contido naquilo que se alinhava no movimento, no cruzo, muitas vezes imperceptível para nossas obsessões de grandeza e concretude.

Ah, o mercado! Muitas são as formas de praticá-lo enquanto terreiro. Há aqueles que pedem licença, como também existem aqueles que lançam moedas para o invisível. Na possibilidade de emergir qualquer sinal que possa expressar-se como manifestação do poder de Exu atribuímos sentido e mergulhamos em uma floresta de signos quase ocultos para aqueles que não versam no riscado. Nessas dinâmicas de invenção de mundos existem aqueles que praticam o rito porque sabem que o poder ali está encantado, como também há aqueles que na dúvida o assentam ao praticarem o ritual. Inventam-se mundos, inventam-se terreiros.

Praticamos terreiros nas mais variadas formas de invenção da vida cotidiana. Nas festas, nas brincadeiras, nas alegorias da vida comum, na carnavalização do mundo, na avenida em que os corpos performatizam seus saberes em forma de desfile. Ao lançarmos versos como pedidos de licença, ao cruzarmos o chão "dando de beber" ou até mesmo na esquina mais próxima onde o marafo foi cuspido como forma de interlocução com o invisível, o terreiro está.

Nas festas, brincadeiras de risos ou de valentias, nos jogos de sorte ou azar, nas seduções, movimentos, invocações e transes, a vida é significada a partir da reinvenção de outros tempos/espaços. A brincadeira de roda é também a circunscrição de um tempo/espaço em que o saber é praticado como rito: terreiro. Por ali cruzam saberes, poderes mágicos, imantados nos limites dos corpos e memórias. Nas escritas do jogo da capoeira, o chão cruzado ao pé do berimbau, a chamada feita pelo corpo que mente e o corpo que toca o chão caído pela rasteira são as formas de sacrifício que encantam a roda como terreiro.

A inscrição da noção de terreiro como algo transcendente às dimensões físicas o redefine, possibilitando pensá-lo como mundo que inventa e cruza múltiplas possibilidades de ressignificação da vida frente à experiência trágica da desterritorialização forçada. O terreiro, termo que compreende as mais diversas possibilidades de invenção dos cotidianos em sociedade, não se configura como um mundo particular à deriva nos trânsitos da diáspora. O mesmo codifica-se como uma experiência inventiva que inscreve modos em coexistência e interação com as mais diversas formas de organização da vida.

Assim, os terreiros por aqui inventados apontam para uma vasta ecologia de pertencimentos e para a dimensão de uma cosmopolítica das populações negras no Novo Mundo. Além disso, ressaltam as tramas das identidades negras, compreendidas como processos históricos e políticos, que sob as orientações do conceito de diáspora são levadas à contingência, à indeterminação e ao conflito.

Outra perspectiva que nos é cara é a emergência da noção de terreiro como tempo/espaço educativo assentado sobre outras lógicas de saber.

O terreiro, a roda, a esquina, o barracão e todo e qualquer tempo/espaço em que o saber é praticado em forma de ritual está a se configurar como um contexto educativo de formações múltiplas. Contextos firmados por educações próprias, inscritas na cultura e nos modos de sociabilidades. Educações que apontam para outras formas de aprendizagens articuladas a diferentes possibilidades de circulação das experiências. Esses diferentes modos de educação, gerados nas frestas e nas necessidades de invenção da vida cotidiana, evidenciam a potência dos saberes de mundo que se assentam sob as perspectivas da corporeidade, oralidade, ancestralidade, circularidade e comunitarismo.

A noção de terreiro, mirada a partir das epistemologias das macumbas, deflagra importantes questões para a problemática educativa, principalmente no que se refere àquelas pertinentes ao tratamento dos saberes africanos e consequentemente suas circulações na diáspora. Essas problematizações se dão na medida em que se constata que mais do que abordar as temáticas concernentes às histórias e culturas africanas e às recriações na diáspora, devemos credibilizar as possibilidades de mundo geradas pelas mesmas. Em outras palavras, mais do que pensar os terreiros e as culturas que o circundam, existe a necessidade e a emergência de praticá-los como possibilidades de invenção de outras rotas. A invenção de terreiros/mundo se faz necessária na medida em que o projeto de mundo concebido pela lógica ocidental moderna pratica, ao invés da diversidade, a escassez de possibilidades.

É na emergência por outros saberes, lançados como possibilidade de encantamento do mundo, que firmamos os pontos entoados em nossos terreiros/mundo. Terreiros que compreendem práticas, princípios e potências de saberes que confrontam a primazia de um modo de conhecimento eleito como único. Dos terreiros praticados emergem histórias, dentre as muitas que nos cruzaram e que alinhavam nossas redes de saber, e narrativas que contam sobre como parte dos saberes do outro lado do Atlântico foi trazido para cá. Estes saberes atravessaram o mar guardados em pedras (otás). Para nós, orientados também por uma ciência encantada, a produção do conhecimento e a sua socialização como formas de educação se estabelecem a partir da compreensão das experiências humanas como fenômenos que articulam vida e arte. Dessa forma, as pedras mantenedoras de saber são também mantenedoras de vida.

Aprendemos desde muito cedo, através de saberes desencantados, que as pedras não têm vida. Porém, nas encruzas transatlânticas, nas travessias para o Novo Mundo, existiram pedras encarnadas (otás) e devidamente encantadas nos ritos e sacrifícios dos corpos, inscritas sob a perspectiva de que se morre para renascer. Exu matou o pássaro ontem com a pedra que atirou hoje! Eis a encruzilhada transatlântica e os corpos pretos como os primeiros terreiros inventados nas experiências de trânsito contínuo. Suportes de memórias e sabedorias que em diáspora inventaram outros saberes, mundos, cotidianos, territórios e possibilidades de sobrevivência em forma de potência de vida: terreiros.

Tudo que o corpo dá

> *Almas vibrantes em corpos orgulhosos (mesmo quando mutilados) andamos de cabeça para baixo. Põem a cabeça no chão, emparafusam-se nas coisas (conhecendo-as por dentro) e no giro, vão dando ideias subterrâneas que servem de guias para a gente se transformar e encarar o mundo.*
>
> [MESTRE CANJIQUINHA]

OS CORPOS ATRAVESSADOS NAS ENCRUZILHADAS transatlânticas transgrediram a lógica colonial. O projeto que durante séculos investiu na objetificação de seres humanos traficou para essas bandas suportes físicos montados por outros saberes. É através do corpo negro em diáspora que emerge o poder das múltiplas sabedorias africanas transladadas pelo Atlântico. O corpo objetificado, desencantado, como pretendido pelo colonialismo, dribla e golpeia a lógica dominante. A partir de suas potências, sabedorias encarnadas nos esquemas corporais, recriam-se mundos e encantam-se as mais variadas formas de vida. Essa dinâmica só é possível por meio do corpo, suporte de saber e memória, que nos ritos reinventa a vida e ressalta suas potências.

O drible, a esquiva, a rasteira são saberes incorporados que operam em meio ao jogo! Os corpos negros transladados para o Novo Mundo são partes dos terreiros praticados em África. É a partir deles que se reinventam as possibilidades de vida nas bandas de cá. São os saberes corporais que nos permitem pensar que o suporte físico do corpo em performance nos ritos pratica/inventa outras formas de relação com o mundo. Assim, firmamos o ponto, os corpos negros transladados nos fluxos da diáspora africana são também terreiros que significam, através de suas práticas, outras possibilidades de invenção da vida e de encantamento do mundo.

Pensar o corpo como terreiro parte da consideração que o mesmo é assentamento de saberes e é devidamente encantado. O corpo codificado como terreiro é aquele que é cruzado por práticas de saber que o talham, o banham, o envolvem, o vestem e o deitam em conhecimentos pertencentes a outras gramáticas. Tais ritos vigoram esses corpos os potencializando ao ponto que os saberes assentados nesses suportes corpórais, ao serem devidamente acionados, reinventam as possibilidades de ser/estar/praticar/encantar o mundo enquanto terreiro.

A encruzilhada transatlântica codifica-se de forma ambivalente, forja-se em caráter duplo. Ao mesmo tempo em que a experiência do desterro é produzida como impossibilidade há o cruzo e a necessidade de reinvenção como possibilidade de sobrevivência. Por mais que o trágico acontecimento de deslocamento forçado se configure como um rompimento irreparável de laços de pertencimento, a experiência de desterro forja uma espécie de transcultura de sobrevivência. O trançar dessa rede transcultural reescreve outras perspectivas, que confrontam e rasuram as pretensões monoculturais do colonialismo.

Os dribles, as esquivas, as rasteiras emergem como possibilidades inscritas no imprevisível, seguem as máximas dos poderes de Elegbara. O corpo é, assim, a pedra fundamental na invenção dos terreiros no Novo Mundo. É através da existência do corpo como um suporte de saber e memória que vem a se potencializar uma infinidade de possibilidades de escritas, por meio de performances, de formas de ritualização do tempo/espaço e consequentemente de encantamento da vida. Assim, os corpos fundam terreiros como também indicam seus vínculos de pertença com outras temporalidades/espacialidades.

Observemos os jogos de valentia e vadiação da prática da capoeiragem. É a partir das potências dos corpos em performance que se firma o ritual. A roda como terreiro de vadiação/campo de mandinga é inventada sobre o que os corpos invocam e riscam no tempo/espaço. O terreiro firma-se para a brincadeira, alicerçado pelo saber que é praticado em performance. Em termos mais apropriados para uma ciência encantada das macumbas, o saber se expressa a partir de um processo de incorporação do praticante. No ser incorporado são evidenciadas a pujança e as potências desses saberes praticados.

O caráter elementar do corpo na invenção de terreiros está expresso na máxima pastiniana: "a capoeira é tudo que a boca come e tudo o que o corpo dá"! Não coincidentemente a problemática filosófica versada por Mestre Pastinha cruza-se a outros princípios explicativos de mundo assentados nos complexos culturais negro-africanos transladados e ressignificados na diáspora. Nos referimos ao cruzamento do pensamento de Seu Pastinha à figuração de Exu nos domínios de Enugbarijó e Elegbara, a boca que tudo come, boca coletiva dos orixás e o senhor do poder mágico.

O cruzo entre as máximas pastiniana e exusíaca evidenciam o caráter primordial do corpo como campo de possibilidades, de invenção, de mobilidade, dinamismo, como também de transformação e restituição. A boca de Enugbarijó, aquela que tudo come, é a mesma que devolve o que engoliu de forma restituída. Engole de um jeito e devolve de outro, inferindo dinamismo e transformação. A capoeira, sendo tudo o que a boca come, é lançada sob uma perspectiva também de restituição, na medida em que ela também é tudo que o corpo dá.

Nesse sentido, engole-se o que for para restituir enquanto possibilidades. Nos termos exusíacos, tudo o que o corpo dá inscreve-se nas possibilidades produzidas pelo poder de Elegbara. Senhor do poder mágico, é a ele que se confere todos os princípios e potências evidenciados, a partir do que é encarnado no corpo. As dimensões de dinamismo, mobilidade, comunicação e toda e qualquer forma de produção de linguagem e de saber praticado evidenciam-se em seus poderes. Elegbara caracteriza-se como um poder incontrolável e inacabado. Assim, infere dinamismo para toda e qualquer possibilidade de criação, versa sobre as dimensões da ambivalência, dominando e operando como princípios de possibilidades e imprevisibilidades.

O cruzo entre as perspectivas apresentadas no pensamento do Mestre e a presente nos domínios de Exu reivindica a importância do corpo nas questões acerca das produções de conhecimentos e linguagens. Dessa forma, evidenciando os saberes corporais, suas potencialidades e discursos, as problematizações relativas às noções de terreiros têm seu campo de tratamento ampliado. Assim, o elemento corpo, compreendido em sua integralidade e a partir dos saberes assentados nas práticas culturais negras, passa a ser indispensável no tratamento da noção de terreiro. A noção de terreiro passa a ser problematizada a partir do viés das linguagens.

Outro exemplo que se soma às questões advindas do enlace capoeiragem e Exu é o entendimento polifônico da noção de terreiro na prática do jongo. O terreiro é percebido na fisicalidade do chão de terra batida, na concretude dos tambores e dos corpos em performance. Mas há também um terreiro que se firma na invocação do canto e no lançamento dos versos. O terreiro no jongo é fundamentalmente firmado na imaterialidade do que se amarra enquanto pontos. Os enigmas versados, cuspidos das bocas, envolvidos em hálito, saliva, voz e ritmo são também expressões dos poderes assentados sob os domínios de Elegbara. A palavra em toda sua complexa constituição é parte da presença do corpo, de seus poderes e possibilidades.

Na perspectiva dos saberes que fundamentam o que viemos a traçar como uma epistemologia das macumbas não há separação entre palavra e corpo. Para os caminhos, a partir de Exu não há dissociação entre palavra/corpo/pensamento. A palavra e todas as suas possibilidades de produção de linguagem e comunicação estão inscritas sob os mesmos princípios e potências que versam acerca dos poderes do corpo e das suas produções de discursos não verbais.

Sob os pressupostos assentes nas epistemologias das macumbas não há separação e sim integralidade. É nesse sentido que, no jongo, assim como em outras práticas culturais da diáspora africana, o que se canta, se lança enquanto palavra de encante, definindo a constituição do terreiro. Em determinados casos, define até mesmo as formas de interação possíveis, evidenciando quem está dentro e quem está fora do tempo/espaço praticado do terreiro.

Exu matou o pássaro ontem com a pedra que atirou hoje. A pedra lançada, as pedras trazidas, pedras que fundamentam os segredos das bandas de lá, as pedras que invocam saberes ancestrais e sustentam os chãos e os axés dos terreiros de cá. As pedras encantadas nos ritos de sacrífico dos corpos emanam energia vital. As pedras que fundamentam as invenções dos terreiros encantam-se a partir dos corpos. Assim, firmamos o ponto! O corpo, suporte de saberes e memórias, é também terreiro. O corpo é também um tempo/espaço onde o saber é praticado. O corpo terreiro ao praticar seus saberes nas mais variadas formas de inventar o cotidiano reinventa a vida e o mundo em forma de terreiros.

O corpo é o primeiro registro do ser no mundo, é o elemento que versa acerca das presenças e reivindicações de si, é o que nos possibilita problematizar a natureza radical do ser e as suas práticas de invenção. O conceito de diáspora africana nos orienta como perspectiva analítica para pensarmos as múltiplas presenças das populações africanas e de seus descendentes nas travessias das encruzilhadas transatlânticas, como também na codificação do que vem a se estabelecer como Novo Mundo.

A noção de diáspora, entendida por nós também como encruzilhadas, opera de forma ativa na produção de possibilidades reconfigurando e provocando perturbação na mecânica cultural e histórica do pertencimento. Os efeitos desestabilizadores, provocadores de perturbação, se dão na medida em que as relações nas culturas da diáspora tendem a bagunçar a linearização explicativa enlaçada nas dimensões de lugar, posição e consciência. Desatando-se essa sequência, desata-se também o poder fundamental do território para a determinação da identidade.

Os territórios, os pertencimentos e as relações são marcados e alterados pela violenta experiência do desterro. Retirados de seus lugares de origem e tendo seus modos de vida alterados, as populações negro-africanas trazidas para as Américas embarcavam em uma viagem de não retorno.

Nesse sentido, a perspectiva assente na noção de diáspora africana está vinculada à ideia de um trânsito catastrófico em que as identidades só podem ser lidas como processos históricos e políticos levados à contingência, à indeterminação e ao conflito. Assim, a reinvenção das formas de vida, nas bandas de cá do Atlântico, nos indicam que a dinâmica acerca dos processos identitários das populações negras reflete a tessitura de uma esteira intercultural, trançada a partir dos cruzamentos de inúmeras experiências em diáspora.

A noção de terreiro como a prática que é inscrita em determinado tempo/espaço nos aponta que as produções diaspóricas refletem as dinâmicas dos contatos e processos interculturais que amalgamam um complexo de sociabilidades trans-africanas. Assim, as noções de trans-localidade e trans-cultura negra apontam para a diáspora, a partir de uma perspectiva cosmopolita. A complexidade das reinvenções, a partir dos inúmeros cruzamentos de experiências, nos indicam que as múltiplas formas de reivindicação das identidades negras dão os tons das negociações, alianças e jogos estabelecidos.

A identidade, assim como o terreiro, não pode estar compreendida nos limites de determinada reivindicação identitária que a torne absoluta em termos étnicos. Os discursos logrados nos termos do absolutismo étnico evidenciam a dinâmica dos jogos e das intenções que estão a ser estabelecidos. Constatamos que há, nas inúmeras práticas culturais recriadas na diáspora, particularidades que evidenciam a predominância de determinados elementos culturais em diferentes manifestações. Um exemplo a ser citado são as comunidades de candomblé que redefinem seus pertencimentos de acordo com as predominâncias dos elementos simbólicos que operam em seus cultos. As chamadas nações de candomblé evidenciam a presença dos traços predominantes, como também o desenho da recriação da cultura e das reivindicações identitárias na diáspora.

Porém, independente de como os praticantes — em seus determinados contextos — compreendam-se e reivindiquem-se, as formas de identificação na diáspora apontam para uma dinâmica contaminada. Por mais que exista uma nomenclatura que os contingenciem sob determinada perspectiva cultural, a mesma é sempre reivindicada nos limites dos cruzamentos com tantos outros referenciais. Nos terreiros daqui — toda e qualquer sorte de terreiro — as contaminações se evidenciam na medida em que, vira e mexe, um santo da banda de lá resolve baixar na de cá e aí o fuzuê está armado! Nos ritmos, nas palavras, nos gestos, nas comidas, nos preceitos, na estética das roupas, nas danças e organizações de festas. Seja nas histórias, nas intrigas, nas fofocas, nos bens passados de mão em mão, nas alianças, nas crenças, nos encantamentos ou nas confluências de pessoas que entram e saem dos barracões, cruzam as esquinas, giram na roda, desfilam na avenida, firmam o chão... há sempre algo a ser cruzado.

O Atlântico como encruzilhada não é somente o lugar de travessia, mas também o de mobilidade no sentido da reinvenção e da continuidade. A encruza de Exu aponta caminhos enquanto possibilidades: cruzando perspectivas, a encruzilhada transatlântica é a categoria que, a partir dos princípios explicativos de mundo assentes em Exu, nos fornece bases para pensar a trágica experiência de deslocamentos forçados e não retorno também como uma possibilidade de reinvenção da vida, de culturas resilientes que se recodificaram no próprio trânsito. O inventar terreiros é parte de uma dinâmica de reconhecimento, afirmação e acabamento de si. Ou seja, uma dinâmica atrelada às problemáticas das identidades na diáspora.

A gramática dos tambores

Tambor, tambor
Vai buscar quem mora longe
Tambor, tambor
Vai buscar quem mora longe

É Oxossi na mata
Xangô na pedreira
Ogum no Humaitá
Mamãe Oxum nas cachoeiras

[PONTO CANTADO]

A ESCRAVIDÃO AFRICANA NAS AMÉRICAS produziu, para aqueles que foram escravizados, dispersão, fragmentação, quebra de laços associativos e morte dupla: a física e a simbólica. O Portal do Não Retorno, no Benim, é um monumento erguido no local de embarque dos escravizados para as Américas. Talhadas na madeira, imagens de voduns e ancestrais simbolizam a viagem sem volta dos que, para a comunidade, já não pertencerão mais ao mundo dos vivos.

Mas a história da escravidão é também, ao mesmo tempo, uma experiência de reconstrução constante de práticas de coesão, invenção de identidades, dinamização de sociabilidades e vida. As culturas africanas, aparentemente destroçadas pela fragmentação trazida pela experiência do cativeiro, se redefiniram a partir da criação de instituições associativas (zungus, terreiros de santo, agremiações carnavalescas etc.) de invenção, construção, manutenção e dinamização de identidades comunitárias. A chibata que bate no lombo e a baqueta que bate no couro do tambor são as duas faces dessa moeda. Elas conversam o tempo inteiro.

Se a chibata é grito de morte, o tambor é discurso de vida. Eles, os tambores rituais, possuem gramáticas próprias: contam histórias, conversam com as mulheres, homens e crianças, modelam condutas e ampliam os horizontes do mundo. Foram eles que muitas vezes expressaram o que a palavra não podia dizer e contaram as histórias que os livros não poderiam contar e as línguas não poderiam exprimir.

Os tocadores dos tambores rituais, normalmente preparados para essa função desde crianças, são alfabetizados nos alfabetos da percussão para aprender o toque adequado para cada orixá, vodum ou inquice. Há, portanto, uma pedagogia do tambor, feita dos silêncios das falas e da resposta dos corpos e fundamentada nas maneiras de ler o mundo sugeridas pelos mitos primordiais.

Exemplificamos como se elabora essa pedagogia no campo do sagrado. Dizem os mais velhos dos terreiros que os atabaques conversam com os homens. Cada toque guarda um determinado discurso, passa determinada mensagem, conta alguma história. O tocador dos tambores rituais precisa conhecer o toque adequado. Se o drama representado pela dança de um orixá se refere ao combate, o toque é um — em geral com características marciais. Se a ideia é contar através da dança sacra uma passagem de paz, o toque é outro. Há toques para expressar conquistas, alegrias, tristezas, cansaço, realeza, harmonia, suavidade, conflitos...

É importante lembrar que um xirê, a festa de candomblé, é o momento em que os orixás baixam nos corpos das iaôs para representar — através da dança, dos trajes e emblemas — passagens de suas trajetórias. Através da representação dramática, a comunidade se recorda do mito e dele tira um determinado modelo de conduta. As danças, ao contar histórias protagonizadas pelos deuses, servem de exemplo para os membros do grupo. Ritualiza-se o mito em música e dança, crença e arte, para que ele continue vivo para a comunidade, cumprindo assim sua função modelar.

O atabaque ritual é normalmente feito em madeira e aros de ferro que sustentam o couro. Nos terreiros de candomblé os três atabaques utilizados são conhecidos como rum, rumpi e lé. O rum, o maior de todos, possui o registro grave; o rumpi, o do meio, possui o registro médio; o lé, o menorzinho, possui o registro agudo. Para auxiliar os tambores, utiliza-se um agogô ou gã; em algumas casas tocam-se também cabaças e afoxés.

Nas casas de culto keto, os tocadores de atabaque têm o título de ogãs alabês; os jejes chamam os tocadores de runtós e os seguidores dos ritos de angola denominam os músicos de xicarangomos. A iniciação demanda tempo, recolhimento e consagração. O termo alabê deriva de *alagbe* — o dono da cabaça —; runtó deriva da língua fongbé, dos vocábulos *houn* (tambor) e *tó* (pai), formando o sentido de pai do tambor; já xicarangomo vem do quicongo *nsika* (tocador) + *ngoma* (tambor) = o tocador de tambor.

Nas tradições jeje e keto, os tambores são tocados com baquetas feitas de pedaços de galhos de goiabeira, chamadas aguidavis. O rumpi e o lé são tocados com dois aguidavis; o rum é tocado com uma única baqueta, maior e mais grossa que as outras. Nos candomblés de Angola, os três atabaques são percutidos com as mãos, sem o recurso de baquetas.

Um dos ritmos mais nobres do candomblé de keto é o *Igbin*. Ele é o toque dedicado a Oxalá, mais especificamente a Oxalufã (do iorubá *orisá olufon*; orixá senhor de Ifón — uma localidade próxima a Oxogbó, na Nigéria). Oxalufã é a manifestação de Oxalá como um ancião, dotado da sabedoria dos mais velhos, que baila de forma lenta e curvada, apoiado em um bastão sagrado, o opaxorô. Para que tal bailado seja possível, o toque do tambor se caracteriza pela fala da lentidão e, ao mesmo tempo, pelo desenvolvimento contínuo do ritmo.

Igbin, diga-se, é também o caramujo africano que, ao lado do ebô (alimento feito com milho branco), é a principal oferenda feita a Oxalá. O ritmo do *Igbin*, portanto, se assemelha ao lento caminhar do caramujo que carrega a sua própria casa, assim como Oxalufã carrega o peso da criação do mundo. Ao longo do toque, o rum — o mais grave dos tambores — faz uma série de desenhos rítmicos que acompanham as sutis variações do bailado lento do orixá. Muitas vezes, durante o bailado, Oxalufã bate com o opaxorô no chão no mesmo compasso do desenho feito pelo rum.

É provável que o mito mais conhecido de Oxalufã seja o da sua injusta prisão, acusado de furtar o cavalo de Xangô. Quando Oxalufã é solto, banhado e vestido com roupas brancas (mito reproduzido na cerimônia das Águas de Oxalá), é recebido com todas as honras, para a reparação da injustiça. Airá, então, carrega Oxalufã, alquebrado pelos tempos de prisão, nos ombros. É Airá, neste momento, que dança o *Igbin*, bailando lentamente com o venerável orixá.

O *Igbin* é, por isso, toque de paciência, observação, peso do mundo e, ao mesmo tempo, de perseverança. Ele conta histórias em sua lentidão de caramujo, fala forte da celebração do poder dos mais velhos, desenha os mitos sem acelerar o passo, mas sempre no sentido da criação da vida, da arte e do axé, atributos de Oxalá. É, afinal, feito o *oriki* iorubá pleno de sabedoria: *Igbin ti o jade ni karrahun, ko le ri orun* (A lesma que não sai do seu caracol não pode ver o sol).

Mas as histórias do tambor profanam o sagrado o tempo todo, além de sacralizar o profano. Fala-se muito, por exemplo, que as escolas de samba, durante boa parte de suas trajetórias, contaram em seus enredos a História oficial, as efemérides da pátria e os propalados grandes personagens. Isso é verdade se atentarmos apenas para os enredos e letras dos sambas. As baterias, todavia, contavam outra coisa, elaboravam outros relatos, perceptíveis para aqueles que conheciam a gramática dos tambores.

A caixa de guerra, um tambor com uma membrana superior e outra inferior, algo que muitos sabem, é um instrumento que dá uma constância rítmica ao conjunto de uma bateria, além de sustentar o andamento do samba. O toque das caixas era o elemento que, na maioria das vezes, identificava as orquestras de percussão das agremiações.

Em vários casos o toque das caixas fundamentava-se na batida dos orixás. É notório, para quem conhece, que o *agueré* de Oxossi anunciava a bateria da Mocidade Independente de Padre Miguel e o ilú — também conhecido como *agueré* de Iansã — marcava as baterias da Portela e do Império Serrano. A Mangueira também está nessa. O Salgueiro, com as caixas posicionadas no alto, apresentava um toque mais próximo da levada do pandeiro do partido-alto (característica também da Estácio e da Unidos da Tijuca).

Quem apenas observar a gramática das letras, ao ouvir o samba de 1968 da Mocidade Independente de Padre Miguel, vai identificar a homenagem ao pintor alemão Johann Moritz Rugendas, um personagem canônico. Quem aprendeu o tambor, todavia, escutará a louvação aos orixás caçadores sintetizados nos mitos de Oxossi e no toque do *aguerê*. Enquanto as fantasias, alegorias e a letra do samba evocavam o homem das telas e pincéis, a bateria evocava a cadência e a astúcia do caçador que conhece os atalhos da floresta e caça, durante sua dança, as mazelas e dores das mulheres e dos homens para curá-las.

Há quem hoje critique a perda desses elementos identitários das baterias. Há quem busque recuperá-los, inclusive do ponto de vista pedagógico, a partir da formação de novos ritmistas. Não podemos, ainda, desconsiderar que em outros tempos as baterias eram fortemente marcadas pela presença dos ogãs das casas de culto. A separação, afinal, entre sagrado e profano simplesmente não é pertinente para as concepções de mundo e saberes afro-brasileiros.

Escolas de samba e terreiros eram, em larga medida, extensões de uma mesma coisa que sugerimos no início deste texto: instituições associativas de invenção, construção, dinamização e manutenção de identidades comunitárias, redefinidas no Brasil a partir da fragmentação que a diáspora negreira impôs. O tambor é talvez a ponte mais sólida entre o terreiro e a avenida.

Apenas a título de ilustração, já que escolhemos acima o *igbin* de Oxalá como exemplo a ser detalhado, podemos citar alguns toques mais famosos, que demonstram como os tambores falam de maneiras diversas. Nos terreiros de Ketu, o toque característico de Ogum é o adarrum e se caracteriza pela rapidez e pelo ritmo contínuo, capaz de evocar o caráter marcial do orixá guerreiro e propiciar o transe. O citado *aguerê*, consagrado a Oxossi, descreve um ritual de caça.

O ilú de Iansã (também conhecido como "quebra-pratos") é muito rápido e repicado, representando a agitação da senhora dos ventos, controladora de relâmpagos e tempestades. O alujá de Xangô é vigoroso e se caracteriza pelo constante dobrar do rum, o maior dos tambores, como a simbolizar os trovões que o grande orixá comanda.

Nanã, anciã de dança lenta, tem como toque marcante o sató, que evoca o peso dos tempos e o caráter venerável da iabá mais velha. O opanijé de Omolu é um toque quebrado por pausas e pela lentidão solene, como a evocar os mistérios do vodum da varíola. A vamunha é uma marcha rápida, tocada geralmente para a entrada e a saída dos iaôs e para a retirada dos orixás no final da festa. Convida, em sua empolgação, para aclamações dos presentes.

Vários outros toques obedecem a esse mesmo critério descritivo, como o *adabi* de Exu, o *korin-ewe* de Ossain, embalado pelo ato de maceração das folhas para a elaboração dos banhos curativos, e o bravum, ritmo de cobra veloz, que embala o bailado rasteiro de Oxumaré.

Já nas casas de Angola, o repertório dos atabaques se estrutura em torno de três ritmos basilares: barravento, cabula e congo. Cada um deles apresenta variações, como é o caso da muzenza (provavelmente o toque mais famoso) em relação ao barravento. Os toques de Angola são mais soltos. Inquices, orixás e caboclos podem ser evocados por qualquer um dos toques básicos e suas variações.

As influências rítmicas da cabula, do barravento e do congo se fazem sentir com mais evidência em uma série de ritmos profanos da música brasileira, sobretudo vinculados ao tronco do samba e suas variações. São marcantes também na prática da capoeira.

Quem sabe a liberdade dos toques de Angola nos remeta, eis uma hipótese, também às potentes "desarticulações articuladas" que os saberes bantos, abertos às influências ameríndias em um horizonte mais amplo da potente presença centro-africana na nossa história, produziram no Brasil.

Quem não percebe que existe aí, nesse idioma dos tambores, um manancial educativo vigoroso de elucidação dos mundos e capacitação para interpretar a vida? É sempre tempo de reconhecer e estudar as possibilidades didáticas que os atabaques tiveram na formação das crianças de terreiro e escolas de samba. As agremiações e suas baterias precisam ter consciência da dimensão educativa que as escolas de samba tiveram um dia. Oxalá voltem a ter e reassumam a condição cotidiana de educar para a liberdade.

O tambor também é livro e o aguidavi — a vareta sagrada que percute o couro — é caneta poderosa para contar as aventuras do mundo. Eles educaram mais gente que os nossos olhares, acostumados apenas aos saberes que se cristalizaram formalmente nos bancos acadêmicos e escolas padronizadas, imaginam. Saibamos reconhecer, aprender e ensinar as suas falas.

Altar de orixá, gongá de santo

Eu tenho sete espadas pra me defender,
Eu tenho Ogum em minha companhia.
Ogum é meu pai, Ogum é meu guia,
Ogum é meu pai, venha com Deus e a Virgem Maria.

[PONTO CANTADO]

O DIA 23 DE ABRIL, consagrado a São Jorge, é especial na cidade do Rio de Janeiro. É indiscutível que São Jorge é um dos santos mais populares da cidade, ocupando o lugar de protetor informal que chega a roubar o protagonismo de São Sebastião, o padroeiro oficial da aldeia. Se bobear, o santo guerreiro está pendurado como medalhinha dadivosa em pelo menos três de cada cinco pescoços que transitam no ir e vir do dia a dia. Uma estimativa exagerada? Talvez. Afinal, na medida em que o santo ganhou notoriedade com o povo carioca, ele também virou alvo da cisma de uma parcela cada vez mais crescente da população. Essa peleja se dá porque o camarada Jorge ganhou fama de santo de macumbeiro. Nesse aspecto, muita gente torce o nariz e quer sabotar o protagonismo do cavaleiro.

A despeito disso, altaneiro nos botecos da cidade, munido de cerveja branca e crista de galo, o santo está a velar a vida cotidiana e a zelar pela companhia dos sujeitos comuns. É no galope das miudezas praticadas pelos homens simples que o poder do santo se encarna e abre caminhos para pensarmos algumas questões sobre o mundo e as suas invenções. A potência do santo guerreiro, vibrada no dia a dia, é alargada na sua festa, e é nesse fuzuê que se praticam os ritos que nos dão sobrevida. É na festa, no dia em que as ruas, as esquinas, os bares, as igrejas, as casas e rodas viram terreiros, que se cruzam as mais diferentes possibilidades de encantamento da vida.

O que é vivenciado na passagem do dia 23 de abril é suficiente para que a festa vigore e permaneça forte com o passar dos anos. Nesse dia, os tempos se alargam e as coisas transmutam-se. Desde a escuridão da madrugada, o apontar do dia e o cair da noite, explodem rituais amiúde, encantamentos que passam despercebidos diante de qualquer batucada ou zunir de rojão. Pula-se a linha do trem, arria-se o cará do Ogum. Os trilhos bebem, o paó é batido e o verso é improvisado para despertar o homenageado. Dali em diante rumam-se caminhos.

São por volta de três e meia da madrugada, nas mediações do Largo de Magno ajuntam-se pessoas comuns fardadas de vermelho e branco. Do outro lado do viaduto, caminham soldados desta mesma companhia, outros continuam a descer dos rumos da Congonha e do São José. A legião de comuns ruma sem nenhuma pressa, a rua é praticada sem nenhum temor, afinal, aquele que capitania as encruzas é da ordenança do homenageado. Porém, isso não nos faz estar menos alertas na rua, já que toda estirpe de malandro se faz presente nesse dia. Nenhum deixará passar em branco as homenagens ao seu padrinho, por isso há de se pisar devagar, uma vez que, onde o malandro mora, otário nunca fará moradia. Assim, caminha-se sem nenhuma pressa do mundo e cumprimenta-se cada ente que faz da rua seu lugar de passagem, sejam aqueles que vão ao mesmo destino ou aqueles que dão o tom do que a rua é. Do cachorro à esquina, no caminho cada um deve ser cumprimentado.

O apontamento da Rua Clarimundo de Melo deságua em um mar de comuns, todos devidamente juntos e misturados; malungos e camaradas. Às cinco horas da manhã, quando os clarins tocam a alvorada, o som silencia a multidão. Os campos de sentidos ampliam-se: choros, risos, abraços, fogos, sentimentos indizíveis; a essa altura nada mais importa. Às vezes, são horas de espera para entrar na igreja. Não importa, o fiel espera o tempo que for necessário. Não existe pressa na vida ritualizada. Entra-se na igreja, cada um de seu jeito, uns mais, outros menos íntimos. Quando se sai dali a conversa fiada dá o tom das prosas. Dali em diante, muitas são as formas de brincar o dia: samba, feijoada, caldo de galo, capoeira, curimbas e canjiras. Há de se brincar, há de se batucar, há de se fazer a festa.

"Quem faz o santo é o povo", esse é o verso que compreende as significações de um santo praticado de forma plural e ambivalente. Qualquer sujeito que se lançou ao que é vivido em Quintino, no Centro, na Baixada ou em qualquer terreiro dessa cidade sabe que a pureza imaculada do guerreiro capadócio não resistiu às contaminações transatlânticas. Afinal, se existe algo que nos dá pistas sobre o caráter complexo do santo e de suas práticas são os apontamentos que o colocam nos limites de um santo de macumbeiros. Porém, para o prolongamento do verso e a ampliação das peças pregadas redefiniremos São Jorge como um santo macumbeiro.

Ser um santo macumbeiro não é simplesmente estar cruzado pelas práticas rituais afro-brasileiras. A noção aqui disparada aponta para problematizações e cruzos que inferem significações e sentidos diversos, negociados nas múltiplas formas de relação e invenção da vida cotidiana. A noção de macumba compreendida como um balaio de práticas de saber e de encantamento rasura os termos que a definem como expressão subalterna. Esses termos produzidos historicamente definem os estereótipos racistas inferidos contra as práticas culturais das populações afro-ameríndias. Assim, o deslocamento conceitual do termo transgride as lógicas monoculturais impostas e nos abre caminhos para apontar outras perspectivas. É a partir dessa abertura de rumos gerada pela potência do termo macumba que encontramos frestas e formas para problematizarmos os entendimentos acerca da noção de sincretismo, fugindo da fixidez de um debate que se limita à dicotomia de saber se o catolicismo foi empretecido ou as religiosidades africanas foram embranquecidas. Há que se ir além.

A noção de sincretismo vinculada à ideia de um arranjo entre referenciais culturais distintos, em que os mesmos são colocados em justaposição com um determinado fim tático, é redimensionada quando mirada a partir das miudezas presentes nas práticas cotidianas. O que se percebe no pluriversalismo das manifestações codificadas nas bandas de cá que se apropriaram da simbologia do santo católico é um amplo repertório de práticas cosmopolitas, híbridas, ambivalentes e inacabadas. Essas inúmeras reinvenções pincelam referenciais culturais distintos para produzir outra coisa não possível de ser totalizada em um único termo.

É necessário que ressaltemos que essa dinâmica é sempre conflituosa e nos aponta diferentes caminhos, por parte das intenções assentes em lógicas racistas que privilegiam os referenciais brancos/cristãos em detrimento das marcas negras e indígenas. Ou seja, por parte das reivindicações totalizantes que negam os cruzos culturais e defendem um suposto absolutismo étnico das práticas. Nesse sentido, reconhecemos o caráter político da problemática identitária quando se propõe o não vínculo entre santos católicos e orixás africanos. É nítido que a ação opera em função do tensionamento e da contestação das relações historicamente desiguais e violentas regidas pela lógica colonial. Porém, nessa encruza há inúmeras esquinas que nos apontam perspectivas diversas que expõem as negociações praticadas, mas também revelam as reinvenções possíveis.

No caso de São Jorge, a relação mais comum que é feita, a partir de um arranjo sincrético, é a que relaciona o santo católico a Ogum, orixá iorubano, a Nkosi, inquice banto, e a Gu e Avagan, voduns dos Fons. Essas relações são sempre apresentadas como formas de negociação que possibilitaram a sobrevivência dos ritos negro-africanos transladados e praticados nas frestas do Novo Mundo. Porém, mais uma vez arriscaríamos o alargamento da questão, a partir de alguns giros. Antes, é necessário ressaltar que essas experiências de cruzos culturais, forjadas em dinâmicas como as que estruturam a formação da sociedade brasileira, vinculam-se às problemáticas do embranquecimento, da mestiçagem e das demais acepções que estão fundamentadas no racismo estrutural que nos calça.

Assim, a questão do sincretismo ganha terreno para ser lida de forma ambivalente, no sentido em que a noção cruza tanto as reivindicações que as utiliza com fins de assepsia dos referenciais identitários afro-ameríndios, e também como potência inventiva, uma vez que o que é cruzado é também transformado em outra coisa. Nesse sentido, o que é considerado como sincretismo pode ser compreendido tanto pela via da sobreposição cultural como também pela via do encantamento. A primeira perspectiva está nitidamente exposta pelas máximas hierarquizadoras e totalizantes do projeto colonial. Já a segunda emerge como contragolpe, é a invenção no vazio deixado. É a perspectiva que dá o tom da problemática colonial para além de uma ordenação dicotômica, a revelando como um acontecimento ambivalente em que a contaminação e os cruzos atravessam, envolvem e relacionam os diferentes agentes envolvidos. O sincretismo, enfim, é fenômeno de mão dupla, vem de negros e brancos, tem influências ameríndias, pode ser entendido como estratégia de resistência e controle, com variável complexa de nuances, e pode ser entendido — é obvio, mas quase ninguém fala — como fenômeno de fé. Não custa lembrar que a incorporação de deuses e crenças do outro é vista por muitos povos como acréscimo de força vital; e não diluição dela ou estratégia pensada com a frieza dos devotos da razão.

Sobre essa segunda perspectiva versada na ordem do encante, assentada nas epistemes das macumbas, são atrelados conceitos emergentes das próprias práticas. São eles as noções de Enugbarijó e a de orixá como potência. Enugbarijó é um dos títulos de Exu que o concede a condição de boca do mundo ou boca coletiva. É sobre esse domínio, seus princípios e potências que se versam as transformações radicais. Enugbarijó é aquele que engole de um jeito para cuspir de outra forma. Não é à toa que Exu é representado, em algumas iconografias, como aquele que fuma o tabaco rezado e toca o flautim. O que entra de uma maneira enfeitiçada sai como outra, também cheia de feitiços. Assim, a partir do perspectivismo da boca que tudo come, podemos indicar que diferentes referenciais que se cruzaram — santo católico e orixá — são engolidos e cuspidos de forma transformada. Dessa forma, o que é cuspido denota outra coisa, não mais a primeira e nem a segunda, mas uma terceira, híbrida, ambivalente e interseccional.

Essa perspectiva pluraliza as possibilidades de relação: o terceiro termo criado, aquele que é resultado da alteração dos elementos cruzados, não nega e inviabiliza a existência dos elementos anteriores, mas indica as possibilidades de coexistência e o inacabamento daquilo que é cruzado. Nesse sentido, partimos do pressuposto de que os referenciais de São Jorge como santo cultuado nas tradições católicas e os referenciais a Ogum e seus equivalentes nas tradições dos candomblés brasileiros são preservados. Porém, abrem-se caminhos para as possibilidades de relação e de práticas vinculadas ao cruzamento dessas referências que potencializam a invenção de outras formas.

É nessa trama, articulada a noção de Enugbarijó, que se baixa também o conceito de orixá como potência. Essa noção parte do pressuposto de que a potência do signo reivindicado pode incorporar outros signos e por consequência ressignificá-los. Assim, no dia 23 de abril, abrem-se as porteiras para cultuar-se tanto o santo católico, quanto o orixá negro--africano, como também o santo incorporado pelo orixá. Essa terceira opção conota as expressões que se manifestam fazendo bricolagem de diferentes referências e por consequência inventam outros sentidos. Dessa forma, a mesma não versa sobre harmonias ou o não tensionamento dos conflitos. Ao contrário, assume o conflito como condição e potência criativa. Os termos gerados como elementos impossíveis de serem classificados em uma única categoria denotam as fronteiras daquilo que foi cruzado. As macumbas invocam o orixá negro-africano, o caboclo ameríndio baixa e o santo católico é vestido. O corpo do devoto é o campo cruzado interseccionalmente em que múltiplos referenciais culturais se amalgamam e manifestam-se em diferentes formas de brincar os festejos.

A noção de orixá como potência indica que a energia, nesse caso, referente ao signo Ogum pode vir a ser encantada nas mais diferentes formas, práticas e agentes. O corpo do devoto, o assentamento do orixá, o trilho da linha férrea, as espadas de São Jorge, as cristas de galo, os tambores virados nas mãos de seus tocadores, o verso improvisado amarrado à ladainha, as medalhas carregadas nos pescoços, as imagens altaneiras nos botequins da cidade, os malandros que baixam para vadiar na festa, os goles de cerveja levados ao chão, o fogo que acende e faz os rojões gritarem no amanhecer do dia, o som dos metais que anunciam a chegada da alvorada. Todas essas formas e ainda muitas outras dão o tom das vibrações que circulam e encarnam-se nas formas, práticas e sujeitos que têm o axé do guerreiro encantado em si.

Ogum passa bem, obrigado! Vive vigoroso nos terreiros que por aqui surgiram, a partir da necessidade de sobrevivência. Se coloca na ronda e na proteção de nossas vidas, encantado nos mariôs que afastam o mal, nas pedras que sustentam nossas criatividades, nos progressos e nos metais que modelam nossas armas para a luta diária. Vive em terras brasileiras, encantado pelos segredos e axés transladados do outro lado do Atlântico. Baixou na nação tupi com algum ogã saído do ventre do tumbeiro, subvertendo a morte simbólica da escravidão em potência de vida. São Jorge, por sua vez, correu mundo, é padroeiro nos mais diferentes cantos do planeta — da Inglaterra, da Catalunha, do Império Serrano e do Corinthians —, é símbolo de coragem, força e bravura e tem em suas armas, armadura e oração, o poder que acolhe aqueles que formam a sua legião.

Em 2006, quando o Império da Tijuca homenageou o guerreiro em seu enredo, a comissão de frente produziu a performance dramática de vir vestida com as armas de Jorge e, subitamente, transmutar-se, trocar o elmo da Capadócia pelo mariô e riscar o chão da avenida de desfiles como o orixá senhor de todas as adagas, punhais e cimitarras. O terreiro da Sapucaí escreveu naqueles corpos que dançavam um texto provocador.

O cruzo dessas referências fez baixar por aqui um exército que vitaliza, multiplica e propaga seus poderes: Seu Beira Mar, Seu Rompe Mato, Seu

Megê, Seu Matinata, Seu Iara, Seu Sete Ondas, Seu Delê, Seu Naruê, Seu Tranca Rua, seu ordenado, e Seu Zé Pilintra, seu afilhado. Com esse time, quem somos nós para dizer algo contrário? Apenas reivindicamos o lugar de homens comuns que compartilham dessas grandiosas companhias.

> *Mandei selar meu cavalo, para Ogum viajar;*
> *Vai pra terra de Nossa Senhora da Glória;*
> *Ele vai, mas torna a voltar!*
> *Seu Ogum Sete Ondas benção meu pai;*
> *Quem é filho de Ogum, roda, balança e não cai!*
>
> [PONTO CANTADO]

Vence-demanda

O pato com o marreco não pode combiná;
Pato fala baixo, marreco quer gritá!

[PONTO DE JONGO]

Para o Preto-velho Joel Rufino dos Santos

O MÊS DE MAIO NOS LEMBRA que é necessário aprendermos a lição dos pretos-velhos: toda demanda lançada há de ser devidamente desatada, essa é a forma que temos de garantir a sustentação de nossas toadas. Afinal, nos constituímos através da linguagem e por meio dela é que firmamos e encantamos nossos terreiros/mundo. A astúcia de praticar a dobra na linguagem é a forma que temos de não nos subordinarmos diante da imposição de normas que nos violentam e nos negam enquanto possibilidade. Assim, se diz para não dizer e não se diz para falar. É desse jeito que se dá o nó no rabo da caninana, coisa de amarração. São as mumunhas dos "negos véios" que expulsam as marafundas do obscurantismo político que nos obsedia.

A sabedoria dos velhos cumbas, poetas feiticeiros, mestres do poder e do encantamento das palavras, perpetuaram-se ao longo do tempo e firmaram ponto para nos ensinar a lição que há de ser incorporada urgentemente nos dias de hoje. É cada vez mais necessário desatar os nós que insistem em nos estrangular e enunciar versos que comuniquem múltiplos entenderes em alguns poucos dizeres. Assim, o que pode parecer uma redução, uma simplificação do verso, pode ser transformado em mandinga: quando menos se espera é que se dá o bote.

Muitos daqueles que eram tidos como boçais pela ordem dominante encantaram seus senhores em uma única palavra lançada. Os doutores e sinhozinhos passavam a noite perdidos nas matas na viração das luas, ou sofriam de esfriamento do corpo. O que nos é soprado nos ouvidos é o que diz o verso: "o leite tá fervido, o café já está coado, jongueiro que é jongueiro não chora o leite derramado". É hora de firmarmos nossos pontos no riscado da pemba, afinal, os pretos-velhos são aqueles que plantam bananeiras na boca da noite e comem seus frutos na boca da madrugada. A demanda nos está sendo lançada; há que se vencer-demanda.

O que os velhos nos ensinam é que existem inúmeras formas de luta. Em meio a um regime hierárquico e arrogante que os fixou como submissos e resignados, os velhos, através de suas sabedorias, inventam formas de praticar a dobra no sistema. O estereótipo produzido para abarcar as presenças negras como alegorias subalternas de um projeto de nação alicerçado nos parâmetros coloniais nos revela que o que ata os homens na banda de cá não é o contrato social mas sim o racial. Fazendo barulho no silêncio, os velhos armam suas arapucas no gungunado do palavrear, arriam no pé do cruzeiro suas demandas, alumbram o mundo como a fumaça pitada e fazem do verso flechas atiradas pela boca, fortalecendo a máxima: a palavra tem poder. Afinal, foi Cambinda que agarrou na unha o touro brabo, estremeceu, mas não parou de andar.

É a partir das sabedorias amarradas em pontos que os velhos cumbas anunciam a decadência de um mundo avesso à diversidade e ao encantamento: "Papai comprô marreco, mas não comprô lagoa. Os marrecos do papai tá morrendo tudo à toa". O desate é preciso e inspira outros alinhaves.

Se a amarração educação/cultura nos foi lançada como um feitiço cuspido da boca da Casa-Grande, chegou a hora de improvisarmos um novo verso que não só desate a demanda amarrada mas também nos aponte o curso de uma toada a ser mantida. No Brasil, com exceções brilhantes de gente que raspou o tacho, a educação é pensada como uma instância normativa e padronizadora. A cultura, por sua vez, pode ser, como um conjunto de práticas e dimensões simbólicas de invenção constante da vida, o espaço de possibilidade de transgressão do padrão normativo. Neste sentido, a educação prende, enquanto a cultura liberta.

Constatando isso, quando se une um projeto de educação a um de cultura, imaginamos o seguinte: ou a educação vai ser pensada com o caráter transgressor que ela deveria ter, potencializando a perspectiva do encontro dela com a cultura, ou a cultura vai ser acorrentada pelo viés normatizador, conservador e adestrador da educação. É evidente que na demanda é a segunda possibilidade que vai vigorar. Educação e cultura a serviço de um Brasil tacanho, doente, mesquinho, reacionário, intransigente, misógino, colonizado, homofóbico e fundamentalista.

A nosso ver, tanto a educação quanto a cultura devem ser percebidas como mumunhas de preto-velho: um repertório infinito de invenções, práticas, modos de sociabilidade, de conhecimento, de arte e de vida. Tanto a educação quanto a cultura são fenômenos inerentes à condição humana. Assim, são tão diversos e inacabados quanto a própria presença e interação dos sujeitos que a incorporam. Toda educação é também cultura e toda cultura compreende-se como um contexto que tece suas experiências de saber ao mesmo tempo em que trança também pedagogias que lhe são próprias. A educação, porém, para ser percebida como cultura, deve se colocar como tributária da potência dos enlaces culturais e integrante deles. Se for ela, todavia, em sua face instrutora e burocrática que conduz os modos de vida, esta se esvazia das possibilidades de mandinga e se transforma em mera reprodutora de valores vigentes institucionalizados.

Certa vez, em uma conversa com um mestre jongueiro, ele narrou sobre o convite que recebeu de uma escola de sua região para ensinar o jongo: "Eu fiquei muito feliz do convite e logo me arrumei para conhecer a escola, que até então eu não conhecia. Fiquei mais contente ainda quando cheguei por lá e me dei com um lugar, dentro da escola, que lembrava o quintal lá de casa nos tempos que eu era menino. O chão era de terra e isso para o jongo é importante e tinha até umas folhas de bananeira que caíam do terreno vizinho para dentro da escola. Pronto, é aqui que eu vou armar a roda com os meninos. Mas, sabe meu filho, acabou que o jongo por lá não vingou. A escola já tinha planos para mim e quis me colocar um bocado de tempo em cada sala de aula, como fazem com os outros professores diplomados. E aí eu te pergunto, como se faz um negócio que é redondo em um lugar que é quadrado?".

Em outras muitas conversas com jongueiros ao levantar a questão sobre como se aprende no jongo foram lançadas as seguintes respostas: "Aprendi no pé de pau. Aprendi no pé de fulano. Aprendi na barra da saia. Mainha me levou para o jongo e eu de tanto ver aprendi. Aprendi com os mais velhos". Uma das falas resume a multiplicidade de formas possíveis, como nos narra Dona Aparecida Ratinha: "o jongo é feito uma árvore de nossos familiares e comunidade, ela cresce, não para de crescer, dá flor e dá fruto".

Uma das histórias que nos chega, que merece destaque, é a contada por Tia Maria do Jongo: "No jongo não podia ter criança porque criança é danada, quer saber de tudo e não guarda segredo. Mamãe contava que jongo era pra velho, mas era velho mesmo, meu filho, não era para moço adulto da sua idade e sim para velho da cabeça branca. Mas o jongo lá em casa era festa, tinha comida, bebida, batucada e o jongo. Mamãe juntava todas as crianças, dava de comer primeiro para as crianças e botava todos nós para dormir para os velhos, lá fora, fazerem o jongo. Mas as crianças fingiam que estavam dormindo e iam olhar tudo pelos buracos da parede, para ver o que os velhos faziam lá fora. Ah, meu filho, no dia seguinte a gente ia tudo brincar de jongo. O Darcy que sempre gostou de batucar catava tudo que era panela e balde da mãe dele. Eu, no meio da bagunça, queria ser a Conceição do Salgueiro que era uma negra alta e muito bonita. Mas era só os mais velhos verem a gente brincar que mandavam a gente parar porque aquilo era coisa pra velho".

A sabedoria dos velhos sacramentaria na amarração: "Pato e marreco não pode combinar. O pato fala baixo o marreco quer gritar!". As formas de educação possíveis são tão amplas quanto a diversidade existente no mundo. Não há um único modo, assim como também não há educação melhor que a outra. A educação é fenômeno humano experienciado nas culturas, ela é responsável por trançar esteiras compostas por diferentes fios que se cruzam, se atam e se interpelam, assim como a circulação das experiências sociais. A diversidade de formas de educação revela também outros contextos educativos e outros protagonistas de saber, como vimos nas experiências narradas no jongo. Enquanto há diferentes formas de saber que nos falam acerca das possibilidades de reinvenção e encantamento do mundo, há também um modo arrogante que se quer único, que grita mais alto para poder ser ouvido.

A nosso ver, devemos nos lançar na tarefa de propor experiências cruzadas, atar pontos com diferentes versos que contribuam para o alargamento das experiências e consequentemente das possibilidades. É necessário raspar o fundo da cuia e revelar os assentamentos que fundamentam outras sabedorias. Para isso, há de virar a história ao avesso, algo que os pretos-velhos fazem desde sempre. Outro ponto é desatar o nó que nos enlaça incutindo educação/cultura como modo de civilidade. Precisamos, assim como os pretos-velhos, ter a vista forte, já que muitas vezes o que parecer ser uma coisa é outra, marafunda braba. A educação que nos interessa não é aquela que se versa como uma problemática curricular do projeto colonial mas sim as formas transgressoras.

Precisamos pensar a educação como prática que reconheça e credibilize a experiência humana na sua diversidade. A sugestão é encará-las feito mumunha de preto-velho, amarração de múltiplos entenderes em um único dizer. Educação como cultura, prática emancipatória que transgrida com toda e qualquer perspectiva obcecada por cursos únicos e por tutelas de bom comportamento. Há de nos lançarmos no cruzo das flechas atiradas por outras sabedorias, produtoras de efeitos de cura, encanto, vigor e abertura de caminhos. Os repertórios de saber alinhavados nas contas do rosário são inacabados, conta a conta nos é revelado um novo segredo. Dessa forma, cabe a nós curar-nos na fumaça pitada do cachimbo para irmos à luta de um mundo que considera a diversidade como fonte de vida.

Assim, atar a potência dos fenômenos da educação e da cultura a um único verso é prática que quase sempre tende para a normatização e para o conservadorismo. O alvo é o aprisionamento dos sujeitos envolvidos, o desmantelamento de seus esquemas cognitivos e a orientação de um modo único de racionalidade que reflete os investimentos de um projeto de dominação política. A escola ocidental, fundamentada no ensino seriado e na fragmentação de conteúdos, é normativa sempre e padroniza comportamentos mesmo quando adota linhas alternativas. O alternativo aí, afinal, vira padrão para o grupo. E as diferenças? A rua como espaço poderoso de práticas culturais, a rua das possibilidades exusíacas, poderia resolver isso.

Se a escola normatiza, a rua deveria ser o ponto de encontro capaz de permitir o convívio entre os diferentes, desestabilizando o padrão. Em tempos menos afoitos, cada criança trazia as bagagens de experiências distintas, na casa e na escola, trocadas na rua de forma lúdica e descompromissada, em um processo enriquecedor, a partir do ato de conhecer pelo brincar. Mas isso simplesmente não é possível nesse padrão de cidade desencantada que nos engole sem piedade, a não ser que encaremos a rua como escola e pratiquemos a subversão da escola em rua, encruzilhando experiências de alargamento das percepções do mundo.

Assim, já que o desafio é tomar a lição dos "negos-véios", simbora desatar o nó do rabo da maldita e explanar a marafunda que nos foi lançada: o projeto educacional normalmente foi pensado na "plantation Brasil" como um ministério curricular da agenda política colonial, enquanto o projeto cultural abarcado pela Nação seria o de um ministério dos modos civilizatórios brancos-machos-cristãos, em detrimento do primitivismo animista-fetichista. Alguns avanços na atuação das políticas culturais nos últimos tempos apontaram a possibilidade de se quebrar essa lógica. Porém, esses avanços são constantemente violentados pela obsessão dos brancos-machos-cristãos em assumirem o poder.

Para vencer essa demanda, convém talvez pensar no que nos aponta o *Gao*, uma árvore africana do Sahel, região de transição entre a savana e o deserto; nas encruzilhadas entre a água e a secura. O *Gao* é uma espécie de árvore do contra, capaz de subverter o padrão normativo do grupo. Na estação das chuvas, quando o verde toma conta da vegetação e as árvores vivem a florada, o *Gao* perde as folhas, se acinzenta, murcha estropiado. Quando a seca chega arrepiando e a estiagem é inclemente, só essa acácia esverdeia; florescendo exuberante em meio ao cinza que parece mundo morto.

Os africanos do Sahel veneram o *Gao*, visto como uma árvore sagrada, silenciosa e capaz de ensinamentos prodigiosos, inclusive para a conduta das comunidades. A acácia africana tem a ousadia de ser cinza quando o que se espera dela é o verde e verdejar quando tudo se acinzenta. Nos tempos difíceis, é ela que dá a sombra para os rebanhos e alimenta o gado com as folhas das extremidades de seus galhos.

Enjaulados em hospícios de concreto, desencantados do mundo sem terreiro, condecorados com tarjas pretas, eufóricos desmedidos e silenciosos deslocados, nós andamos precisados de ouvir os *gaos*. Educados na lógica normativa — incapazes de atentar para as culturas que subvertem ritmos, rompem constâncias, acham soluções imprevisíveis e criam maneiras imaginativas de se preencher o vazio, com corpos, vozes e cantos — padecemos prenhes de razões.

Acinzentou no Brasil. É a hora de verdejar dinâmicas novas, feito os *gaos*, saindo do conforto dos sofás epistemológicos, aqueles em que morreremos tristes e conscientes da nossa suposta superioridade, e nos lançando na encruzilhada da alteridade, menos como mecanismo de compreensão e mais como vivência compartilhada. Atentemos para a sabedoria das árvores do Sahel; aquelas que florescem quando tudo é cinza e se recolhem quando tudo canta, com a força e a beleza da diferença, porque o canto já se fez presente no mundo.

Como ensinou o preto-velho de Bracuí no vencimento das demandas e no brado para as invenções necessárias, deixamos inscrita a nossa gira de encantamento dos mundos pela cultura:

> *Da flor do jambo, a raiz do cambucá,*
> *nasce Congo,*
> *morre Congo*
> *e tem Congo no lugar.*
> [PONTO DE JONGO]

Zé Pelintra: juremeiro do catimbó e malandro carioca

O Zé quando vier de Alagoas,
Toma cuidado com o balanço da canoa.

Zé Pelintra, Zé Pelintra, boêmio da madrugada,
Vem na linha das almas e também na encruzilhada.

[PONTOS CANTADOS]

O CULTO DO CATIMBÓ é de difícil definição e abrange um conjunto de atividades místicas que envolvem desde a pajelança indígena até elementos do catolicismo popular, com origem no Nordeste. Tem como seus fundamentos mais gerais a crença no poder da bebida sagrada da Jurema e no transe de possessão, em que os mestres trabalham tomando o corpo dos catimbozeiros. Esses mestres foram pessoas que, em vida, desenvolveram habilidades no uso de ervas curativas. Com a morte, passaram a habitar um dos reinos místicos do Juremá. Lá são auxiliados pelos Caboclos da Jurema, espíritos de indígenas que conheceram em vida as artes da guerra e da cura.

O Juremá é um lugar composto de reinos, aldeias e cidades, como nosso mundo real. Há, dependendo da linha do Catimbó, quem trabalhe com cinco ou sete reinos, formados por aldeias ou cidades e habitados pelos Mestres. Para a linha de cinco, os reinos são os do Vajucá, Urubá, Josafá, Juremal e Tenemé (ou Tenema). Para a linha de sete, temos os reinos de Vajucá, Juremal, Urubá, Tigre, Canindé, Josafá e Fundo do Mar.

Os praticantes do culto consideram que Alhandra, no litoral sul da Paraíba, é a cidade que representa os reinos do Juremá na terra; onde os poderes dos mestres da jurema teriam sido anunciados. Outra localidade que ganha destaque no culto da Jurema é a praia de Tambaba, localizada no município do Conde, também no estado da Paraíba. A Jurema, sem o acento agudo, é uma bebida tirada da árvore do mesmo nome; bastante utilizada nos ritos de pajelança dos tupis. Chegou aos catimbós, aos candomblés de caboclo, ao Xangô do Recife e a algumas linhas da umbanda. Existem as árvores da jurema-branca e da jurema-preta. A bebida ritual é feita com a jurema-branca (a outra é tomada apenas em ocasiões muito especiais e sob estrita recomendação dos mestres).

A jurema é muito usada na linha de cura, fortalecida por cantos de evocação. Podemos, a rigor, inserir o catimbó no campo mais geral das macumbas brasileiras. Seu Zé Pelintra é mestre da jurema curador no Nordeste. Saiu da Paraíba, passou por Alagoas ("O Zé quando vem de Alagoas / Toma cuidado com o balanço da canoa"), chegou ao Rio de Janeiro e teve seu culto incorporado pela linha da malandragem na umbanda. Há quem diga que ele, nordestino, foi morar na Lapa. Virou malandro e teria morrido numa briga no Morro de Santa Teresa. O encantado nordestino é egum carioca. São essas as belezas das culturas que circulam de forma dinâmica por aí, se redefinindo potentemente. O malandro, afinal, é um personagem que transita, cruza e se adapta. O que fica para nós como aprendizado é que a escrita da malandragem deve ser lida em viés, nos cruzos e frestas. Afinal, os versos já dizem, o malandro pode fazer morada tanto no Juremá, quanto no casebre erguido no alto do morro. A máxima da malandragem é a ginga sincopada, onde se coloca um pé se tira o outro, troca-se a mão pelo pé e o pé pela mão.

Os caminhos retos são os limites a serem transgredidos. Assim, a malandragem pratica o cruzo, o malandro é errante, o corpo, suporte de sabedorias, é propulsor de outras textualidades, pulsa no transe, o malandro transita, é fluxo contínuo. Dessa forma, quando baixa não importa de onde vem, mas sim o riscado que imprime no chão. O malandro é sempre bem chegado, é bom boêmio, é bom camarada, não importa se vem da linha das almas ou da linha da encruzilhada. O que importa é que sabe chegar em qualquer banda: o bom malandro não explana, chega sem ser visto e sai sem ser lembrado.

As macumbas compreendem-se como uma rede de sabedorias cosmopolitas. É fundamental que saibamos pensar as composições de seus repertórios no alinhave de uma diversidade de fios que tecem a trama. O malandro é uma figura exemplar para pensarmos essa rede cosmopolita, pois é aquele que não nega o encanto da sua presença em nenhum furdunço praticado nas bandas terrenas. É a malandragem, encarnada nos mais diferentes tipos, que desce o morro para fazer o ganho no asfalto. É ele que cruza o sertão para ajuremar-se nas esquinas da cidade. Catimbós, juremas, terecôs, umbandas, omolocôs, batuques, encantarias, sambas, capoeiras, gafieiras, botequins, cabarés, praças, portos, mercados, rodas, ruas e encruzilhadas: o malandro está em todas e pratica os tempos/espaços nos apresentando as inúmeras possibilidades de reinvenção da vida nas frestas.

Seu Zé Pelintra, figura de respeito e destaque na malandragem carioca, é mestre de uma ciência encantada, sua faceta como mestre da jurema e do catimbó ainda é bastante desconhecida por grande parte de seus admiradores cariocas. A Jurema é ciência, essa é a denominação dada pelo próprio, como também pelos demais mestres, praticantes, e mencionada em alguns de seus cantos ritualísticos. O conceito da Jurema enquanto ciência nos leva a pensá-la como um complexo de práticas de saber que se articulam através de diferentes experiências de mundo que imbricadas enredam a trama do culto. Porém, a ciência da Jurema distingue-se das noções envoltas ao termo ciência consagrado pela modernidade ocidental. Enquanto o modo dominante é atado por rigores que o obsidia com a tara por uma verdade única, a ciência da Jurema escapa para as vias do encantamento. Ser encantado é, também, ser inapreensível a uma lógica que reduza o fenômeno a uma única explicação. Como nos diz a juremeira Mãe Judith: "A gente morre e nunca termina a ciência da Jurema". Em outra fala, Vó Biu fortalece a perspectiva da Jurema como uma ciência inacabada: "Na Jurema se nasce, se cria, morre e nunca se chega ao fim".

Mestre Zé Pelintra é o encantado da jurema e do catimbó nordestino, é o que conhece a dobra da morte pela via do encante e por isso é mantenedor de sabedorias inesgotáveis. Não à toa, mestre Zé Pelintra carrega fama de doutor, notoriedade essa curtida no reconhecimento popular e não nos diplomas típicos dos casacas ou cartolas. O doutoramento de Seu Zé é advindo da sua fama de trabalhador nas linhas de cura da jurema sagrada e do catimbó. Conhecedor das mandingas de livramento da má sorte, dos males do corpo e da proteção contra as maldades alheias, Seu Zé é aquele que fez sua fama entre pessoas e lugares que, geralmente, são relegados à condição de subalternidade e incredibilidade.

Seja como encantado ou egum celebrado pela boemia carioca, Seu Zé, além de mestre curador dos males do corpo e do espírito, é representante de uma malta de pensadores que problematizaram com fino trato os aspectos circundantes à natureza do ser, à condição humana e às relações sociais. O que se risca, a partir da memória da malandragem carioca, é a existência de um vasto repertório de máximas e aforismos improvisados e cuspidos como versos que incursionam e tratam em uma crítica fina e afiada, como um cravo pregado ao paletó e fio de navalha, as problemáticas em torno do ser, do saber e do poder. Aquilo que chamam de filosofia de botequim ou de escola das ruas é simplesmente um cartão de visitas de um inventário de saberes sincopados pela malandragem.

Essas maltas de praticantes da resiliência cotidiana revelam também a sua notoriedade em torno das sapiências do corpo, seja nos limites da arte de construções poéticas em torno da palavra ou do gesto. Assim, gíria e ginga são cartas marcadas do baralho poético da malandragem. Poética da malandragem é um termo que aqui elencamos para compreender o vasto repertório de produções derivadas das sabedorias dos malandros, saberes em transe e trânsito, fronteiriços, inventados e praticados na síncope.

Dribles, esquivas, rolês, negaças, rasteiras, versos, poemas, ritmos, gentileza, elegância, fino trato, descrição, palavras "enganadoras de amor" são elementos que encarnam no corpo que transforma o malandro em totem, mestre-sala das ruas, fazendo-o sambar no fio da navalha, esquivando-se dos infortúnios e conquistando otários e corações.

Ah, meus camaradas, haverá ainda quem diga que vida de malandro é vida fácil. Tudo bem, se para malandro não é fácil quem dirá para otário. A volta do mundo é grande, a vida é campo de batalhas e de mandingas. Os malandros maneiros que sabem que não se vive de sorte carregam São Jorge como amuleto e proteção. A vida como um jogo também tem suas sinucas de bico e suas cartas viciadas. Todo bom malandro sabe que há de se respeitar os tabus e que as passadas não podem ser maiores que as pernas. Afinal, há corpo fechado, mas existe também mandinga de traição, por isso o malandro quando veio de Alagoas recebeu o recado: "faça tudo o que quiser, só não maltrate o coração dessa mulher".

Ah, Seu Zé, Seu Zé enganador, enganou moça donzela com palavras de amor. A verdade, meus camaradas, é que o povo arma palavra feito arapuca. De um lado Seu Zé é vagabundo, do outro Seu Zé é beberrão, pintam o malandro como um sujeito vulgar, mas quando precisam de ajuda o chamam para trabalhar. Em um mundo que padece de desencantamento a poética da malandragem é ainda lida como algo menor, à margem dos pressupostos e normas que regimentam a sociedade zeladora das certezas, do pecado, dos bons costumes e da salvação.

O malandro é boa praça e por isso faz do repertório da rua o meio para o seu ganho diário. A ginga é a sedução que abre caminho para o destronamento, afinal rasteira sempre foi um dos mais belos golpes, coisa fina. Para quem a recebe não há sequer o susto, quando se procura a cadeira já não mais a acha, tombo na ladeira. As cinturas ausentes de malemolência se travam, as pernas dão nó, o corpo que cai e toca o chão é o sacrifício que encanta o rito. Gargalha-se. Rasteira é desmoralizante, tão quanto um tapa de mão aberta por dentro da face. Porém, o que distingue a rasteira do tapa é a sua fineza e elegância. A rasteira cumpre a ética do jogo, é poesia que se inscreve no limite do vazio deixado pelo outro com que se joga.

O malandro segue à risca os firmamentos da rua, sujeito considerado que é, segue a máxima: corre para não matar.

Firma-se o ponto. Nesse enigma está enlaçada uma das problemáticas filosóficas que fundamenta as presenças e o riscado político/poético da malandragem. O malandro, também conhecido como valentão, pode ser um sujeito perigoso, mas não violento e descumpridor das regras do jogo. Apesar de que dependendo das circunstâncias há sempre algo a ser inventado. Para o malandro, toda regra não tem uma exceção mas sim uma transgressão. Na fala do velho mestre, conhecedor das mandingas do jogo de corpo, o valentão é sempre um sujeito melhor que nós. O valentão é sempre mais educado, mais gentil e mais astuto. Assim, para o malandro ou valentão, o ser esperto é saber ler as entrelinhas do que é escrito, é ele que conhece as frestas e pratica as dobras na linguagem encruzando os tempos/espaços, praticando o mundo no viés.

A poética da malandragem resgata a perspectiva do jogo, algo que, para nós brasileiros, é ativamente investido de regulação e vigilância a favor da produção de nossa cidadania convertida à ética/moral cristã. Lançados em um projeto de Nação onde somos socialmente cristianizados por uma política teológica colonial, se discursam ideais de bem comum ao mesmo tempo em que se praticam atos de caridade que dissimulam as desigualdades profundas em que estamos instalados. A lógica do jogo esculhamba a inocência/dissimulação da moral empregada pela catequese colonial. Na perspectiva do jogo não há bem comum, tão quanto não há a salvação eterna, no jogo o que é bom para um não é bom para o outro. Uma rasteira casada no tempo certo coincide com o descadeiramento do tombo. Assim, já diria a máxima: a vida é um eterno perde e ganha. Nesse sentido, reafirmamos o pensamento dos boêmios das madrugadas: malandro não vive de sorte mas sim de oportunidade. Só existe malandro porque existe otário.

A perspectiva do viés assente na poética da malandragem encruza caminhos a favor da multiplicidade de formas explicativas e de conhecimentos de mundo. Assim, os movimentos em viés riscados pelas sabedorias corporais dos malandros rompem com as dicotomias e os maniqueísmos que comprimem e reduzem as complexidades sociais. Bem e mal, certo e errado, pecado e salvação não é lógica invocada por essa poética. As travessias dos malandros são pelos caminhos das ambivalências, nas ruas o que se prima é por uma ética responsiva. A forma com que se responde o outro é sempre o mote do jogo. Das pernadas ao carteado, do riscar o salão aos dados lançados ao ar, a sorte de uma está sempre encruzada ao azar do outro. Porém, a cada queda inicia-se um novo jogo, o princípio da vadiação é a presença integral do outro, é o diálogo, é exatamente o que faz com que o jogo sempre seja inacabado. Esse princípio é também o que permite que o malandro nunca tire os pés do chão e não deixe a fama subir à cabeça, como também é o que faz com que diante de qualquer infortúnio o malandro drible a situação lançando a máxima: deixa estar, haverá a volta.

Salve mestre Zé Pelintra e toda a malta de malandros que, vira e mexe, baixam por aqui, no terreiro mundo Brasil, para com suas mandingas fazerem do pouco, muito, alumiando os caminhos daqueles que são seus chegados. Haverá quem diga que a malandragem já não existe mais. Para nós, que defendemos como prática de viração de mundo a aposta nas sabedorias assentes em uma ciência encantada, a afirmativa é um tanto quanto pessimista. Malandro que é malandro venceu a morte pela via do encante e do não esquecimento. Assim, os malandros seguem vivos encarnando em palavras, gestos, sons e sabedorias que inscrevem um amplo repertório poético/político de resiliência e ganho cotidiano. A malandragem é antes de qualquer coisa a potência que baixa nos modos de vida do homem comum.

Quem tem medo da pombagira?

Arreda homem que aí vem mulher!
Arreda homem que aí vem mulher!
Ela é a pombagira, a rainha do cabaré.

Na família de pombagira só não entra quem não quer!
Na família de pombagira só não entra quem não quer!
É Maria Mulambo, Maria Farrapo, Maria Padilha, Maria Mulher!

[PONTOS CANTADOS]

"POMBAGIRA É MULHER DE DOMINGO ATÉ SEGUNDA, na boca de quem não presta Pombagira é vagabunda!". Assim escreve-se a máxima que enuncia a potência exusíaca encarnada no feminino. A pombagira é um dos símbolos presentes no complexo cultural das macumbas brasileiras que mais nos desafia. Lançadora de uma amarração que ata sedução, provocação, abuso e desobediência, a pombagira nos encanta não somente pelo que ela é mas principalmente por aquilo que ela recusa ser. Rainha, mulher, é ela que vem da encruza para animar a nossa gira. É ela que porta a tesoura que corta os embaraços de um mundo assombrado pelo pecado e pelos regimes que restringem direitos e propagam desigualdades.

Os cortes de alguns embaraços são emergenciais. A potência exusíaca encarnada no feminino é o que desestabiliza e transgride as regulações dos modos de ser calçados em princípios racistas e patriarcais conservadores das heranças do colonialismo. A pombagira e as suas amarrações de encante configuram um amplo repertório de antidisciplinas versadas nas encruzas. Essas ações táticas problematizam e reposicionam as dimensões do gênero e da raça em uma sociedade que tem o sexismo (incluindo nesse o machismo) e o racismo como fundamentos. É a gargalhada da mulher pintada como vagabunda que versa o poder feminino interseccional, antirracista das ruas, esquinas e terreiros da diáspora africana. É essa mesma gargalhada que nos desloca e nos aponta outros caminhos.

A pombagira é rosa e espinho, a sua potência dinamiza beleza, cura, sedução e abertura de caminhos, mas também mantém o tom crítico acerca das violências e desproporções, em especial, aquelas cometidas contra as mulheres. A saia rodada, as pitadas na cigarrilha e as gargalhadas reposicionam imagens e ressignificam as experiências do feminino. São as suas tesouradas que nos livram das amarras coloniais vestidas sob o véu do pecado. Como flor que é, ela desabrocha exalando o perfume que nos encanta e nos limpa das obsessões limitadoras. A pombagira é o enigma que poetiza as transgressões necessárias às normatizações da dominação do homem na sociedade, que inferioriza, regula e interdita o papel da mulher.

Dessa forma, vincular a figuração da pombagira às dimensões do desregramento moral, da histeria, da desordem dos comportamentos, da marginalidade e da vulgaridade é traço do racismo epistêmico imbricado com as ideologias sexista/machistas que nos condicionam. Na medida em que se nega a pombagira enquanto possibilidade, se aprofunda o desconhecimento de outras invenções codificadas na margem. A toada que a pinta como mulher vulgar indica as limitações e o desmantelamento cognitivo incapaz de se afetar por outras perspectivas de mundo. Os tons vibrados entre o medo, a curiosidade, a ignorância e os discursos normatizadores mantêm a pombagira na condição do exótico e do animismo fetichista.

Já diria ela mesmo, atando um de seus versos: "sou desse jeito para falarem mal de mim, falam pela frente, falam por detrás, mas quando precisam é de mim que correm atrás"! Gargalha-se. Ah, camaradinhas, é ela a dona das saias rodadas, do riso desconcertante, é a potência feminina de muitas Marias que fazem os seus rumos com o seu próprio caminhar. Feita para vadiar, é ela a mulher que roda e nos propicia as virações necessárias para a reinvenção. Nos giros performatizados por legiões de Marias, arte e vida estão imbricadas. São elas que cortam as amarras e rodopiam em movimentos que ampliam as nossas perspectivas sobre as coisas do mundo. É preciso que descortinemos seus véus. As suas sete saias são pintadas cada uma com uma cor diferente.

Assim, é necessário nos embriagarmos no seu perfume e desobsediarmos os assombros mentais com seus encantos para alumbrarmos outras perspectivas de mundo. Os princípios e potências encarnados no feminino envolto na roupagem do povo da rua cruzou rosas e punhais na encruza. É lá que se reinventa a vida onde na escassez se faz beleza, é lá que se firmam as possibilidades, "é casa de pombo, pombogira", é porrão que se mata sede, mas que não tem fundo.

Do ponto de vista da etimologia, a palavra pombagira certamente deriva dos cultos angola-congoleses dos inquices. Uma das manifestações do poder das ruas nas culturas centro-africanas é o inquice Bombojiro, ou Bombojira, que para muitos estudiosos dos cultos bantos é o lado feminino de Aluvaiá, Mavambo, o dono das encruzilhadas, similar ao Exu iorubá e ao vodum Elegbara dos fons. Em quimbundo, *pambu-a-njila* é a expressão que designa o cruzamento dos caminhos, as encruzilhadas. *Mbombo*, no quicongo, é portão. Os portões são controlados por Exu. Grosso modo, e tentando simplificar para quem não é do babado, é por aí.

Os cruzos religiosos entre as várias culturas de origens africanas, ritos ameríndios, tradições europeias, vertentes do catolicismo popular etc., dinamizaram no Brasil vasta gama de práticas religiosas fundamentadas em três aspectos básicos: a possibilidade de interação com ancestrais, encantados e espíritos através dos corpos em transes de incorporação (é o caso da umbanda) e expressão (é o caso dos candomblés); um modo de relacionamento com o real fundamentado na crença em uma energia vital — que reside em cada um, na coletividade, em objetos sagrados, alimentos, elementos da natureza, práticas rituais, na sacralização dos corpos pela dança, no diálogo dos corpos com o tambor etc.; e na modelação de condutas estabelecida pelo conjunto de relatos orais e na transmissão de matrizes simbólicas por palavras, transes e sinais.

A pombagira, a partir de nossas leituras, é resultado do encontro entre a força vital do poder das ruas que se cruzam, presente no inquice dos bantos, e a trajetória de encantadas ou espíritos de mulheres que viveram a rua de diversas maneiras. Nesse sentido, a corte das pombagiras é vasta, suas passagens nos mostram que tiveram grandes amores e expressaram a energia vital transgredindo as amarras socioculturais que tentam fixar a mulher nos limites de determinada condição. Assim, uma das principais marcas de seu caráter é ser um signo potencialmente livre.

A energia pulsante destas entidades cruzadas, como se o domínio delas já não fosse as encruzilhadas, é libertadora, mas nunca descontrolada. Ela é sempre controlada pela própria potência do poder feminino e se manifesta em uma marcante característica da entidade: a pombagira é senhora dos desejos do próprio corpo e manifesta isso em uma expressão corporal gingada, sedutora, sincopada, desafiadora do padrão normativo.

Visões moralistas da pombagira — a mulher que sofreu, se prostituiu e está entre nós para pagar seu carma — ou visões que operam no campo da doença e ligam o comportamento das encantadas das ruas aos desatinos da histeria (que Hipócrates julgava ser um problema exclusivamente feminino e derivado no útero) originam-se de um duplo preconceito: contra os desconcertantes fundamentos das entidades bantas correspondentes ao Exu dos nagôs e contra a mulher que se expressa pela liberdade do corpo que gira livremente sem perder o prumo.

Não cabe entrarmos no mérito das funções das pombagiras do ponto de vista litúrgico das curas espirituais, redenções, magias e outros atributos dessas entidades. Queremos apenas ressaltar que a mistura entre os fundamentos cruzados das potências de Exu, Mavambo, Aluvaiá, Bombojiro e a possibilidade da mulher ser senhora da sua sexualidade, controlando o corpo no aparente (para os padrões ocidentais) descontrole, são demais para nosso mundinho acostumado a padrões normativos. Pombagira é a mulher de sete maridos porque quer, como diz um ponto da entidade.

É necessário que pensemos nisso antes de vincular a pombagira, na maioria das vezes com humor, ao imaginário das mulheres descontroladas, possuídas por forças malignas ou em aparente ataque de nervos. Firmamos o ponto que não é apenas o humor que marca essa ligação que adoramos fazer entre arquétipo das pombagiras e o que julgamos ser um ataque de nervos de uma mulher. A nossa sociedade tem é medo, muito medo, dessa junção entre a potência de Aluvaiá e o poder da mulher sobre o próprio corpo. Quando entra a questão religiosa, aí é que o babado desanda. Nosso racismo epistêmico, que muitas vezes se manifesta em simpatia "pela cultura afro-brasileira", no fundo não reconhece esses saberes como sofisticados, mas apenas como peculiares e folclorizantes.

Somos herdeiros de mentalidades decapitadas, as tradições ocidentais cultivam há tempos a má sorte de ter a cabeça deslocada dos corpos. Não reconhecemos e muito menos credibilizamos as perspectivas advindas do corpo. Para o modelo de saber que tem cabeças e corpos seguindo para caminhos distintos, o corpo é meramente campo a ser disciplinado e normatizado sobre a vigilância do pecado. Bombojira, amizades, é dona do corpo — como são Aluvaiá, Exu, Elegbara — e sabe exatamente o que faz com ele: tudo aquilo que quiser fazer. Nós, que na maioria das vezes somos ensinados a ver no corpo os signos do interdito, é que não temos a mais vaga ideia do que fazer com ele.

É nesse sentido que a pombagira tem muito a nos ensinar. Precisamos urgentemente redescobrir o corpo como suporte de memórias e de muitos outros saberes. Se por um lado olha-se a performatividade da pombagira como manifestação de descontrole, extravagância e falta de pudor, essa mesma face refrata o desmantelamento cognitivo que é resultado da normatização do cânone de saber. Esse desmantelo é reflexo de processos que operam de forma em que se exalta um saber (centrado na razão ocidental e na representação da cabeça como centralidade) em detrimento de outras sabedorias que têm o corpo como assentamento.

Para os sujeitos versados nas culturas de síncope tal desmantelo nunca foi um impedimento, uma vez que esses sabem que há complementaridade entre gestos e falas. Os mais diferentes modos de saber, as mais diversificadas formas de experiência que têm sido praticadas no mundo e que são marcadas como modos opostos aos domínios racionalistas do Ocidente, têm a incorporação como forma de linguagem/comunicação. Cabe lembrarmos que é Exu, em suas inúmeras faces, o intérprete e o linguista do mundo. Assim, as performances corporais ou, como preferimos chamar, as incorporações, nada mais são do que os modos de linguagem que exaltam a proeminência e as potências das sabedorias do corpo.

Porém, cabe aqui novamente reforçar que o nosso racismo epistêmico, assentado nos pressupostos coloniais da ciência (moderna ocidental), família (patriarcado) e da religião (judaico-cristã), não perdeu tempo e fez investimentos substanciais que impactaram tanto no desmantelamento quanto na cristalização cognitiva que nos impedem de vislumbrar outras rotas para além do que é estabelecido como norma.

O território corporal é o primeiro lugar de ataque do colonialismo. Seja através da morte física, genocídio, objetificação, sequestro, tortura, estupro, ou da morte simbólica, regulação do corpo através das instâncias do pecado e da conversão. Em ambos os processos são praticados os ataques a outros modos de saber. Talvez seja precisamente nesses pontos que a sociedade brasileira tenha cultivado uma consciência dupla sobre a pombagira, mesclando medo/fascínio, recusa/desejo, interdito/transgressão.

Essa consciência dupla revelou-se, no carnaval de 2015, no desfile do G.R.E.S. Acadêmicos do Salgueiro. O Salgueiro levou o povo de rua, a malandragem da chamada macumba carioca, das quimbandas, catimbós e encantarias de jurema, ilustrando uma parte do enredo com a história da malandragem carioca, que era mais amplo. Na escola inteira só apareceu um destaque representando um Exu orixá iorubano, no final do desfile, ainda assim sem o ogó (o bastão do axé), um elemento fundamental de sua indumentária. Na frente da escola vinha Seu Tranca Rua, com sua desconcertante multiplicidade cruzada de quem cozinha a gambá na hora que quer.

Havia a expectativa de que a rainha de bateria da escola, Viviane Araújo, viesse representando a pombagira, conforme tinha ocorrido no ensaio técnico que a escola fez antes do carnaval. Naquela ocasião, a representação da pombagira causou polêmica, suscitou debates e gerou discussões acaloradas. Defendida ardorosamente por uns e atacada por outros, a pombagira rainha de bateria desafiou a norma e terrerizou o sambódromo, sacralizando o profano e profanando o templo do samba. No dia do desfile, Viviane não desfilou como a pombagira, mas alas inteiras representaram em suas fantasias e performances corporais o poder da entidade feminina.

O desfile do Salgueiro afrontou a ideia essencialista de que algumas designações religiosas têm uma legitimidade que as giras cruzadas não têm. Quem cruzou a avenida com a escola foi a turma da guma, da curimba, da raspa do tacho, da beleza desconcertante e amedrontadora da rua, dos feitiços da jurema, dos catimbós, das tabernas ibéricas e biroscas cariocas, daqueles que correram a gira pelo Norte.

A Marquês de Sapucaí, avenida dos desfiles cariocas, começa em uma encruzilhada, o território marcado dos exus. A pombagira faz morada e desfila sua potência nas encruzilhadas do Novo Mundo, segue seus rumos fazendo seus próprios caminhos contragolpeando as lógicas contrárias às liberdades e inventariando um repertório infinito de encantes que dinamizam a vida. Os investimentos de interdição do corpo através de uma política do pecado a favor de uma ética cristã e de uma agenda normativa do colonialismo não foram bem-sucedidos. No vazio deixado elaborou-se a ginga e cuspiu-se o verso: "juraram me matar na porta do cabaré! Ando de noite, ando de dia, não mata porque não quer!".

Gargalha-se. Submetidos aos protocolos normatizadores do corpo e do cânone de saber, desconhecemos que é no movimento que se inscrevem outras sabedorias e enredam-se memórias ancestrais. As condições impostas para a aceitação na lógica normativa perpassam por uma negação e, consequentemente, uma perda das potências vitais-axé. Assim, o corpo submetido às instâncias reguladoras, vigilantes e disciplinadoras do cânone ocidental é tenso, inflexível, carregado de pudores.

É a partir daí que torna-se emergencial rodar as saias a fim de incorporar movimentos que credibilizem outros conhecimentos. Nessa encruza a pombagira baixa para destravar os nós do corpo e praticar um giro enunciativo que opere a favor do combate às injustiças cognitivas, sociais e da disciplinarização dos corpos. A tesourada é certeira e corta as amarras dos regimes monolinguísticos do pecado e da razão. Os giros da saia rodada nos indicam outras rotas, chamaremos uma dessas perspectivas transgressivas de padilhamento dos corpos.

O padilhamento dos corpos é a instância de transgressão e liberdade que exalta as sabedorias corporais através das performances. Esses discursos verbais/sonoros/gestuais comumente não são lidos e credibilizados pela incapacidade de nossas limitações cognitivas. A atribuição da performance da pombagira como desregra moral, histeria e desordem comportamental reflete não somente o nosso racismo epistêmico, mas também a nossa dificuldade em sermos plurilinguistas e polirracionais. O padilhamento dos corpos transgride a disciplinarização dos mesmos. Os pretos véios dos cativeiros costumam dizer que só se risca para sacramentar o que já foi dito. Nos arriscaríamos a atar o verso de que seguindo o perspectivismo exusíaco só se diz para sublinhar o que o movimento já enunciou. Gargalha-se.

Laroiê, Mavambo! Kiuá Nganga Bombogira!

Caboclo: supravivente e antinomia da civilidade

Abre-te campo formoso, abre-te campo formoso;
Cheio de tanta alegria, cheio de tanta alegria;
Nessa casa tem quatro cantos, nessa casa tem quatro cantos;
Todos eles têm morador, todos eles têm morador...

[PONTO CANTADO]

A FORMAÇÃO DO BRASIL, assim como a das Américas, é atravessada pelas presenças do colonialismo. Não à toa, as invasões europeias praticadas nas bandas de cá carregam até os dias de hoje o status de descobrimento. Pouco se sabe sobre o que aqui existia antes das chegadas dos europeus. Por mais que alguns trabalhos se debrucem sobre a investigação das civilizações aqui já existentes e seus respectivos modos de fazer, ainda prevalecem as narrativas lineares que elegem como ponto de partida a chegada predadora das caravelas. O chamado Novo Mundo é uma invenção colonial. Ao mesmo tempo em que alçou o Ocidente na modernidade, nos lançou em um abismo onde somos herdeiros dos genocídios, estupros, assaltos, subalternizações e precariedades de um sistema de dependências que nos mantêm servis às políticas/economias/racionalidades/ideologias do Ocidente europeu.

Porém, a história do colonialismo, aqui problematizada, não versará no tom de uma possível redenção do projeto ocidental; nela existem muitas frestas. Nos espaços deixados operam muitos contragolpes, numa infinidade de flechas atiradas que não sabemos onde cairão e quem irão acertar: são elas as responsáveis por outras possibilidades de invenção do mundo. Por aqui, seguimos atirando essas flechas cujo destino, alvo, é sabido previamente apenas pelos caboclos. Falemos deles.

É armando uma casa de caboclo que recorreremos às sabedorias versadas nas macumbas brasileiras para elencarmos a noção de caboclo como categoria chave de um reposicionamento histórico e da emergência de outras sabedorias. Se os legados do colonialismo são incutidos para nós como as mais altas expressões de um modelo de civilidade ideal, forjado nos moldes dos padrões canônicos ocidentais, recorremos aos caboclos brasileiros como fundamento para uma antinomia a esse modelo de civilidade.

Antes de atirarmos outras flechas e adentrarmos as florestas dos encantes dos caboclos, é necessário problematizarmos dois aspectos concernentes ao seu signo. São esses a concepção de caboclo estritamente vinculada aos referenciais ameríndios e a totalização dessa noção praticada em algumas expressões religiosas que acabam reduzindo o caráter pluriversal da noção de caboclo. Assim, partiremos da compreensão de que o uso do termo indígena é, antes de qualquer coisa, uma invenção etnocêntrica. O uso do termo como referencial para designar as populações fora do eixo europeu-ocidental nos aponta o tamanho da arrogância da experiência ocidental como um projeto totalitário que se reivindica como único modelo possível.

Forjado na esteira do colonialismo, o termo indígena é utilizado para compreender as mais diferentes populações no mundo fora da Europa. A invenção do indígena é a invenção do outro pelo europeu. Assim, reduzem-se as mais diferentes civilizações e culturas a um único termo, a partir de um corte arrogante das mentalidades ocidentais. Dessa forma, aquele que passa a ser o outro é generalizado pela acusação de ser menos civilizado, logo inferiorizado diante do nível de sua suposta civilidade.

A partir das sabedorias das macumbas brasileiras, especificamente das encantarias, transgredimos essa hierarquização. Uma vez que até mesmo os nobres reis, rainhas, príncipes e princesas do mundo europeu quando baixam nos terreiros brasileiros vêm sobre a acepção da condição de caboclo. Assim, um dos primeiros ensinamentos que as macumbas daqui nos dão é que a condição de civilidade é sempre relativa diante da lente que se elege para observar determinado fenômeno. Os doutos, de fora dos mundos das macumbas, na circunscrição dos terreiros são tidos como "casacas", uma vez que a ciência do encante versa em outra escrita.

Na canjira dos encantados todas as mais diferentes formas baixam sob a condição de caboclos. Essa horizontalidade se dá, pois parte-se da premissa de que tudo que está a circular no mundo está passível de encantamento. A noção de caboclo é o suporte que encarna as formas de vida potencializadas pelo encante. Das princesas turcas aos beberrões maltrapilhos, do rei de França aos bugres guerreiros, dos vulgos matutos das campinas e sertões às mais diferentes expressões de seres viventes. Na canjira dos encantados todos podem baixar sob o estatuto ontológico do caboclo.

Nas macumbas, umbandas e candomblés se dão processos parecidos, porém esses contextos, devido a determinadas experiências políticas, como as de promoção de uma suposta identidade nacional e os investimentos em processos de africanização, tiveram a pluriversalidade e as potências do termo caboclo normatizadas. Assim, é bastante comum, nos contextos citados, a reivindicação do termo caboclo limitada aos símbolos das pertenças ameríndias (caboclos de penas) ou dos marcadores identitários das populações dos sertões e campinas (caboclos boiadeiros). Porém, o que nos referenciamos e pretendemos lançar em debate é o deslocamento para o radical caboclo enquanto experiência de encantamento, existência e natureza dos seres. Assim, não tomando como princípio as apropriações e derivações do termo.

A experiência que podemos chamar aqui de "caboclamento" como sinônimo de encante se estabelece a partir de um aparente paradoxo: a morte é uma radical possibilidade de vida, e a vida pode ser uma experiência cotidiana de morte. Ao invés de ser, como é para as razões intransigentes do cânone ocidental, um conceito, a morte nas macumbas é um jogo disputado, na rasura, a partir das ideias de aniquilação, transformação e transe. Registre-se que a aniquilação é a impossibilidade do encante. O ser vivo, neste sentido, pode estar aniquilado; logo, morto. Ele é aquele que não joga no enigma.

Já para as macumbas, a morte física se abre como possibilidade de transformação, mais do que do morto, mas também e, sobretudo, dos vivos com quem o que aparentemente morreu interage. Está inscrita aí, por exemplo, a noção de trabalhador na umbanda. O trabalhador é o ente não vivo que aviva os vivos através do transe; visto aqui como viabilizador da plena interação entre os mundos aparentemente dicotômicos do visível e do invisível.

A raiz etimológica da palavra transe nos remete ao latim "transire", formada por "trans" (atravessar) mais "ire" (ir). O caboclo se manifesta pelo transe, pela ideia do ir atravessando como sentido de cruzar mundos, perspectivas, possibilidades, práticas, o tempo inteiro. O intransigente é aquele que se nega ao transe. Ao contrário, o transigente é aquele que se dispõe a ele. Todo e qualquer ato criativo só é possível a partir do transe como disponibilidade de travessia. A razão intransigente é aquela que nega a mobilidade e os cruzos das experiências e das tessituras de saber. Percebe qualquer possibilidade fora de seu eixo como algo a ser combatido. Por isso, as razões intransigentes são avessas ao transe como também o significam como possessão, descontrole e irracionalidade. Contrário às mobilidades, esse modelo de razão criva o transe como uma perda de domínio do ser, que para ser salvo deve expulsar a experiência do movimento em troca da segurança da fixidez.

Assim, partindo dessa problematização acerca da sabedoria do movimento e dos movimentos das sabedorias, firmamos o ponto: a diáspora é transe. Se vista como translado apenas, como acontece na maioria das vezes, ela se anula como possibilidade de invenção e apenas afirma a redenção do colonizador e de sua economia fundamentada no sequestro, na objetificação e no comércio de seres humanos. Porém, encruzada a essa perspectiva emerge a noção assente nas macumbas, que compreende a diáspora como um empreendimento inventivo de travessia. Essa perspectiva afronta o desencanto do projeto colonial e o esculhamba quando abre a possibilidade do ser em cruzo contínuo, o caboclo. Ele, o caboclo, é o ser-disponível, o ser-no-mundo, o que está aí. O ser indisponível para a caboclização é aquele que não se dispõe a ir; é o normatizado nas regras da civilidade.

O caboclo é o encantado que se viabiliza como tal a partir da mais radical experiência de alteridade. O encantado vive nele mesmo, vive no elemento da natureza em que se encantou e vive no outro corpo em que, pelo transe, se manifesta. Ele é o múltiplo no uno. Neste sentido, o caboclo escapa do binarismo entre o ser espiritual e o ser demasiadamente humano. Ao invés de evoluir, no sentido linear e ocidental da expressão, ele se transforma. A evolução, como instância domesticadora, é a impossibilidade do encante e a maior inimiga da transformação, do cruzo, da disponibilidade da alteridade como fundamento do ser descolonizado.

Se o caboclo, todavia, não é um vivente e não é um espírito, o que ele seria? O caboclo é o supravivente; aquele que está além da nossa concepção de vida biológica, filosófica e histórica. A condição do encante é a da experiência enquanto existência, superando assim as noções fechadas de vida e morte. A supravivência não é a vida nem a morte. Ela é a existência experimentalmente alterada. O supravivente não teme a morte e não navega nas águas do pecado. A morte se torna um enigma de continuidade na presença. Assim, é no lançar desse enigma, flecha atirada que ninguém vê, que se risca uma das trajetórias que marcam o estatuto ontológico do conceito de caboclo.

A colonização, afinal, operou em duas frentes, matou o corpo físico e, ao mesmo tempo, incutiu aos corpos que não morreram o desvio existencial. Se negros e ameríndios foram produzidos como não humanos, criaram-se formas, lógicas próprias do raciocínio colonial, para os introduzirem na mecânica do projeto de dominação do Ocidente europeu. Essa lógica deu conta dos desejos econômicos, espirituais e psicológicos dos colonizadores, justificando a escravidão, a catequização e a subordinação, a partir da defesa: negros e índios não são humanos. É nesse sentido que o colonialismo opera e define-se como um empreendimento de morte, seja ela física (genocídio) ou simbólica (desvio existencial). É aí, meus camaradas, que se encruza a flecha enigmática dos caboclos: é exatamente o que morreu e se caboclizou que fica mais vivo que os que ficaram vivos. Ao ser cultuado e baixar entre nós através dos corpos em transe, o ser caboclo se afirma como a antinomia mais potente ao ser civilizado.

Os tupinambás que habitavam as margens da Baía da Guanabara acreditavam que o fundamento da vida era a contínua jornada em busca do Guajupiá, a morada dos ancestrais e lugar ideal para se viver. A jornada em busca do Guajupiá, repleta de grandes aventuras, se iniciaria exatamente no momento da morte. Diz a história desencantada que os tupinambás foram trucidados e morreram nas areias das praias cariocas. Muitos deles, todavia, continuam baixando nas canjiras, dançando, distribuindo flechas, bradando quando florescem as sucupiras. Quem sabe — como saber? — a morada dos grande aventureiros é o lugar em que os atabaques batem e os corpos transitam encaboclados. O terreiro, caminho do Guajupiá, é todo espaço que se dispõe aos corpos como canoas dos caboclos — não apenas os tupinambás, mas todos os que se dispõem a ir — na contínua travessia das águas que banham os quatro cantos dessa casa.

O conceito de caboclo, como ser supravivente, multitemporal e uma antinomia da civilidade, revela outras veredas das reflexões acerca da existência e da natureza do ser e das suas produções de conhecimento. Assim, as flechas atiradas, que só os caboclos sabem onde caíram, apontam outros caminhos. Seguindo as setas do mateiro adentramos em uma floresta de signos versada no encante que nos permitem o transe, o movimento e cruzo por outras perspectivas de mundo, outros princípios ônticos e espistêmicos.

Risca-se o ponto, brada-se o som dos valentes guerreiros. No signo encarnado pela força da pemba desenham-se duas flechas cruzadas com uma estrela acima delas. A encruzilhada de setas demarca os limites da razão intransigente imposta pelo colonialismo como também inscreve as muitas outras possibilidades advindas do cruzo. A estrela acima é o símbolo maior do encante, o supravivente não é morte e não é vida, é potência existencial que transgride o limite do que é comportado pelas duas categorias normatizadas pelo Ocidente. É feixe de luz que corre mundo, corre gira, movimento que fundamenta o transe como caminho e possibilidades nos segredos da encantaria.

Dessa forma, camaradas, o caminho do caboclo é todo lugar, é incontrolável, anda por cima, por baixo, escreve o segredo da existência nas folhas. Para nós, assombrados pelo desencanto de um projeto de mundo concebido, a partir da morte, como perda de potência, nos caberá romper mato, banhar-se na areia, vestir-se na samambaia, trazer na cinta a cobra coral, virar onça, sucuri, arara e atravessar o mar a nado. Só transgredindo a morte, física e do desvio existencial, como também a vida, sem potência e desencantada, nos arriscaremos a ver a juremeira e ouvir o bradar dos caboclos no cair da tarde.

Abre-te campo formoso
Abre-te campo formoso
Cheio de tanta alegria
Cheio de tanta alegria

Eles chegam na canoa
Eles chegam na canoa
Vindo do lado de lá
Vindo do lado de lá

O amanhã veio de ontem
O amanhã veio de ontem
Ontem ainda virá
Ontem ainda virá.

[PONTO CANTADO]

Campo de batalha
e campo de mandinga

> *O que espanta miséria é festa!*
> [BETO SEM BRAÇO]

> *Ogum nos ensina; mais importante do que saber fazer*
> *a guerra é conhecer os segredos do mariô.*
> [AFORISMO DOS TERREIROS BRASILEIROS]

SAÍMOS PARA O JOGO ORIENTADOS PELA MÁXIMA: campo de batalha é também campo de mandinga. A vida, como jogo que é, também é o tempo e espaço em que cada esquiva ou pernada que se usa como arma é acompanhada por uma mão invisível que acolhe e nos concede o livramento. O campo de batalha é o lugar das estratégias, já o de mandinga é onde se praticam as frestas. A partir das sabedorias aqui reivindicadas não há batalha sem mandinga e mandinga sem batalha.

Porém, ao longo do tempo fomos alvo do desencante, passamos a crer apenas naquilo que somos capazes de ver. Assim, descredibilizamos as possibilidades que vagueiam o invisível. É na perspectiva da mandinga, modo de inteligibilidade assente no complexo de saber das macumbas, que se encarnam as potências, que se mobilizam os escapes, e é nesse mesmo modo que também se disparam os golpes operados nas frestas.

Batalhas e mandingas encruzam-se, o jogador sensível ao fenômeno multidimensional de realidades cruzadas é plurilinguista. Ao mesmo tempo em que se sai para o jogo tocando a mão do adversário, risca-se também no chão desenhando o ponto que invoca o poder que lhe toma, o rito inscreve ações múltiplas que coexistem e interagem. Ao cruzar a rua olha-se para os dois lados e ao mesmo tempo alimenta-se o tempo com as palavras de licença.

Dessa forma, não basta ter conhecimento da luta e do campo em que se travarão as batalhas, deve-se credibilizar a mandinga e todos os efeitos provenientes de seus assentamentos de saber. Enveredar pelo campo das mandingas para vitalizar as batalhas compreende entender minimamente as possibilidades de escritas sob diferentes formas de riscado. Ogum nos ensina: mais importante do que saber fazer a guerra é conhecer os segredos do mariô.

Os velhos jongueiros contam que uma das artimanhas de alguns mandingueiros é a capacidade de ter a vista forte, ou seja, enxergar aquilo que convencionalmente não se enxergaria. Porém, o enxergar nesse caso não diz respeito a uma espécie de olhar microscópico ou vigilante que dá conta de uma tomada geral sobre as muitas presenças existentes. Ter a vista forte refere-se à capacidade de credibilizar as possibilidades emergentes do invisível. Os jongueiros nos dão pistas, a partir desse exemplo, de relações que transcendem a totalização do tempo e do espaço em uma perspectiva única. Nesse sentido, podemos atar, provisoriamente, o ponto de que a mandinga é também a batalha que se dá invocando múltiplas temporalidades, espacialidades, dimensões e as suas diferentes formas de interação. A questão que os jongueiros nos lançam, ao destacar a vista forte de alguns mandingueiros, não é exatamente a do olho que tudo vê e vigia, como o olhar panóptico. O que os jongueiros nos dizem é exatamente o contrário, falam sobre o olhar que credita aquilo que geralmente não é visto.

Já versariam os mestres do encanto da palavra em um de seus improvisos: "vamos apanhar o que está no ar e o que está no chão deixa a sabiá bicar". Em outra amarração carregada de mandingaria jongueira o verso provoca acerca de alguns limites e possibilidades: "tem marafunda, tem marafunda, capim nasce para riba e samambaia de carcunda". Em outra banda que aqui encruza, lançam-se os versos do filósofo alemão[1], "o quanto mais nos elevamos, menores aparecemos aos olhos daqueles que não conseguem voar".

Essas passagens são ilustrativas daquilo que viemos problematizando como perspectiva cruzada entre campo de batalha e campo de mandinga. Assim, o desafio que salientamos é estabelecermos formas de luta que se atentem minimamente à capacidade de alçarmos as coisas que vêm do alto, do invisível, invertendo lógicas, praticando virações, alçando voos e nos amiudando. Credibilizar o miúdo é uma das orientações principais das sabedorias das macumbas, considerando que o pequeno deve ser lido como enigma, a partir do duplo conhecimento/autoconhecimento. A mandinga se inscreve na pedrinha miudinha da caboclaria brasileira, no toco pequeno que arranca unha do preto-velho, no marimbondo pequenino que taca fogo no canavial ou nas palavras do mestre que a definem como a arte de fazer do pouco muito[2]. Assim, o desafio não é somente buscar a vitória sem perder a ternura, mas encarnar na luta o encanto.

Campos de batalha são campos de mandinga. A partir daí, saímos para o jogo. Lançar-se aos campos de batalha demanda encantar-se na mandinga, espanta-se a miséria com festa, emergem possibilidades na escassez. Ladainhas, volta ao mundo, improvisos, pontos atados, pitadas de fumo, goles de cerveja, patuás, fecha-se o corpo para a luta e abre-o para o encanto. Se sobrevivemos nos campos de batalha da vida comum, supravivemos nos campos de mandingas. Aprendemos com os múltiplos saberes que nos pegam a praticar, de forma encruzada, a batalha como política e a mandinga como poética.

Assim, as condições de sobrevivência, como um modo de vida não plenamente vinculado aos aspectos da resistência, são rasuradas para serem

---

[1] NIETZSCHE, 2005.

[2] Menção ao pensamento do Mestre Cobra Mansa.

reescritas. É a dinâmica dos cacos, sobras-viventes, que se reconstituem de forma resiliente para a impressão de um novo signo que desafia os limites binários da vida em oposição à morte. A impressão de um novo signo que rompe com esses limites é a condição de supravivente. Para o supravivente não cabe as restrições das categorias de vida e morte como concebidas pela experiência ocidental, pois é, a rigor, um princípio de encanto que atravessa e apropria-se de toda e qualquer possibilidade de presença e experiência.

A noção de supravivência, que aqui conceituamos, é elemento constituinte dos modos de vida praticados na interface com os saberes das macumbas. Modos esses que ao serem praticados no cotidiano inscrevem-se como ações políticas/epistemológicas oriundas dos repertórios vernaculares de diferentes povos e culturas. A invocação e encarnação da noção de supravivente, a partir das epistemes das macumbas, é o modo poético reivindicado para a problematização das políticas acerca da vida.

Nesse sentido, cabe enfatizar que nas perspectivas aqui lançadas não há separação das dimensões políticas com as epistemológicas, como também não há separação das dimensões políticas com as poéticas. As inúmeras possibilidades de comunicação/linguagem das populações afro-ameríndias constituem-se como uma estética das presenças. Ou seja, diferentes formas de reivindicação das suas identidades políticas e dos estatutos ontológicos que fundamentam as suas presenças historicamente negadas e descredibilizadas pelo projeto de mundo alicerçado no paradigma ocidental. É nesses termos que a "festa que espanta a miséria" torna-se culto da potência transgressora que dobra a escassez e o desencantamento produzido pelo colonialismo.

Uma estética das presenças como ato político e poético foi historicamente praticada pelos jongueiros que através de seus cantos de encanto — por isso considerados poetas-feiticeiros — dinamizaram pelos seus versos a presença dos ancestrais como fundamentação do tempo presente e da vida da comunidade, ao mesmo tempo em que lançaram também amarrações, contranarrativas transgressoras e demolidoras do sistema colonial. Assim, através da poesia-enfeitiçada os jongueiros construíram um repertório de discursos afirmativos acerca das identidades afro-brasileiras, ao mesmo tempo em que teceram uma trama de discursos descoloniais que projetavam fugas, alianças, rebeliões, pragas, feitiços e outras inúmeras formas de golpes operados nas frestas do regime vigente.

O desafio que assumimos é a proposição de uma dobra epistemológica, a partir das sabedorias das macumbas. Firmamos nossos pontos, lançamos um a um. As lógicas aqui baixadas são outras, o texto como enigma tem de ser desatado. A cada nó desfeito, um outro é lançado, essa é a brincadeira de versar no encante, quando menos se espera somos envolvidos pela trama, encontramo-nos amarrados. Esse é o desafio lançado, as macumbas como ciência encantada que exercitam suas lutas de forma mandingada. O jogo de luta é também de encante, sobrevivemos nas batalhas e supravivemos na mandinga. Assim, inscrevem-se outras formas de luta política. De Ifá até as sabedorias dos velhos cumbas na diáspora nos é passada a lição que para cada demanda da vida há um poema a ser cruzado como possibilidade.

A poética, aqui lançada, é cuspida feito marafo na encruza, a proposição de um giro epistêmico, a partir da ciência encantada das macumbas, é também a nossa resposta responsável no combate a todas as formas de injustiça cometidas ao longo da história contra negros e indígenas. A amarração dessa obra como um verso que alinhava a macumba como complexo de saberes cosmopolita e descolonial é primeiramente uma ação afirmativa antirracista. Para nós, é fundamental que se destaque que a problemática da raça no Novo Mundo é o um pilar central no que tange as produções de desigualdades, violências e na manutenção das injustiças sociais. A nossa implicação ao debate epistemológico se cruza com a afirmativa de que não há injustiça social que não seja também injustiça cognitiva. Nesse sentido, não há sabedorias que se manifestem sem os suportes físicos que os encarnem, não há prática de saber sem os seus praticantes. É nessa via que a proposição dos saberes assentes na macumba, como possibilidades de encantamento do mundo, perpassa diretamente pelo combate do racismo em todas as suas formas de operação, como também na transgressão do colonialismo.

A subalternização das macumbas e as suas formas de interdição estão radicalizadas na problemática das relações raciais. É evidente que quando falamos em raça não usamos o conceito biológico. Pensamos, e não há novidade nisso, a raça como categoria política-social-cultural historicamente constituída. Em resumo: para a biologia pertencemos a uma única raça, a humana. A maioria da polícia, todavia, nos trata como brancos mesmo e não nos cria problemas. Temos a armadura explícita de proteção da pele branca em um país escravocrata, onde a questão da percepção da raça nos revela fundante do que somos.

Raça é elemento estrutural e estruturante das bandas de cá. Porém, o Estado brasileiro, enquanto agência colonial, se nega a assumir o pressuposto como elemento que fundamenta a produção de injustiças cognitivas/sociais. O Estado, ao negar a raça como categoria que cinde a realidade entre negros e brancos, omite, mantém e reproduz as violências e desigualdades seculares direcionadas às populações negras, na medida em que também omite, mantém e reproduz os privilégios, distinções e oportunidades para as minorias brancas. Nesse sentido, raça não é pressuposto de subalternidade do negro, mas de construção de privilégios dos brancos.

A nosso ver, o racismo opera, entre suas inúmeras faces, de forma mais contundente de três maneiras: na impressão mais direta da cor da pele, na desqualificação dos bens simbólicos daqueles a quem o colonialismo tenta submeter e no trabalho cruel de liquidar a autoestima dos submetidos, fazendo com que esses introjetem a percepção da inferioridade de si e de suas culturas.

Nessa perspectiva, as dimensões citadas acima são articuladas. O racismo é um fenômeno que opera de forma plástica, múltipla e atualizável. Seja nas perspectivas epistêmicas/semióticas/simbólicas, todas as múltiplas formas vinculam-se à presença do ser negro (ontologia), invocação da identidade. Assim, por mais que o racismo não se reduza a atos incididos nos limites melanodérmicos, o alvo é sempre uma produção negra.

É baseado nestas duas últimas percepções de como opera o racismo que problematizamos a ideia de que as ações afirmativas não podem se limitar às reservas que facilitem o acesso de "minorias" aos bancos acadêmicos, por exemplo. Precisamos de ações afirmativas no campo da episteme; para estabelecer formas de luta que disputem o campo simbólico e afirmem a sofisticação de saberes não canônicos.

Assim, como pensar ações afirmativas no campo da episteme? Talvez, o início da problematização não esteja necessariamente nos limites do outro, mas de como construímos esses outros. Mais uma vez a centralidade da brancura vem à tona. Dessa forma, é necessário dobrar-se à questão. Afinal, a problemática epistemológica é necessariamente étnico-racial, o saber manifesta-se na medida em que há um ser que o encarna. Garantir a presença, a multiplicidade de presenças (corpos), é também investir na multiplicidade de sabedorias que os montam. Em um pouco mais de uma década de ações afirmativas nas universidades brasileiras vemos que a tensão vem se dando não necessariamente na conversão desses sujeitos pela lógica normativa das catequeses epistêmicas da modernidade. Percebemos outras rotas. A tensão vem crescendo cada vez mais pelos golpes operados no campo do outro, ou seja, a descolonização da episteme normativa vem se dando na luta por aqueles que invocam e incorporam sabedorias subalternas, praticando a universidade não somente como um campo de batalhas mas também de mandigas.

A colonização (pensamos a colonização como fenômeno de longa duração, que está até hoje aí operando suas artimanhas) gera "sobras viventes", gentes descartáveis, que não se enquadram na lógica hipermercantilizada e normativa do sistema. Algumas "sobras viventes" conseguem virar sobreviventes. Outras, nem isso. Os sobreviventes podem virar "supraviventes"; conceito que utilizamos para definir aqueles que foram capazes de driblar a própria condição de exclusão (as sobras viventes), deixaram de ser apenas reativos ao outro (como sobreviventes) e foram além, inventando a vida como potência (supraviventes). Uma disputa operada apenas no campo da política e da economia pode gerar ganhos efetivos, é claro. Mas o salto crucial entre a sobrevivência e a supravivência demanda também, além daqueles, um enfrentamento epistêmico e batalhas árduas e constantes no campo poderoso da elaboração de símbolos.

Atamos o verso, lançando como perspectiva que o salto crucial entre a sobrevivência e a supravivência perpassa por uma transgressão lexical. Ou seja, um descacetamento, uma transformação radical que tem como potência a emergência de linguagens historicamente subalternas que devem ser credibilizadas não em uma impressão linear dos seus dizeres, mas em uma dinâmica cruzada com as outras presenças tidas como hegemônicas. Em outras palavras, o salto crucial entre a sobrevivência e a supravivência é aqui também escrito como a dobra da linguagem entre o político e o poético.

Cantamos a pedra: a esquerda também precisa, urgentemente, se descolonizar se quiser pensar alguma coisa para o país que escape da ideia limitadíssima de inclusão pelo consumo como finalidade de um projeto transformador. Mirando o cair da tarde alumiados pelas pedras miúdas firmamos o ponto, campo de batalhas são também campos de mandingas, essa é a lição que nos é passada e seguimos como orientação. Somos cambonos alumbrados pelas virações de um mundo encarnado de encanto. A escrita aqui lançada sacramenta a vibração que a palavra acomoda. Aqui, é verso atado em parceria, ponto malungo lançado ao ar.

Acendendo velas:
o exusíaco e o oxalufânico

> *Exu que tem duas cabeças, ele faz sua gira com fé,*
> *Exu que tem duas cabeças, ele faz sua gira com fé.*
> *Uma é satanás do inferno, a outra é Jesus de Nazaré,*
> *Uma é satanás do inferno, a outra é Jesus de Nazaré.*
>
> [PONTO CANTADO]

IFÁ ENSINA QUE EXU é aquele que fuma o cachimbo e toca a flauta. Ele fuma o cachimbo como metáfora da absorção das oferendas e toca a flauta como ato de restituição do axé, a energia vital. Absorção, ingestão, doação e restituição são funções primordiais do Bará, o "Senhor do Corpo", em sua dimensão de Enugbarijó (Boca Coletiva, ou A boca que tudo come). É por isso que percebemos o campo da cultura como território de Exu: o ato cultural potente é o da disponibilidade de Bará ingerir o que chega como oferenda para devolver a oferta, redimensionada, como axé (força que inaugura a vida como vitalidade na vida como experiência física); aquela que sem a vitalidade não pode ser.

Ifá diz ainda que em certa feita Exu foi desafiado a escolher, entre duas cabaças, qual delas levaria em uma viagem ao mercado de Ifé. Uma continha o bem, a outra continha o mal. Uma era remédio, a outra era veneno. Uma era corpo, a outra era espírito. Uma era o que se vê, a outra era o que não se enxerga. Uma era palavra, a outra era o que nunca será dito. Exu pediu imediatamente uma terceira cabaça. Abriu as três e misturou o pó das duas primeiras na terceira. Balançou bem. Desde este dia, remédio pode ser veneno e veneno pode curar, o bem pode ser o mal, a alma pode ser o corpo, o visível pode ser o invisível e o que não se vê pode ser presença, o dito pode não dizer e o não dito pode fazer discursos vigorosos.

Exu virou o Igbá Ketá: Senhor da Terceira Cabaça. É com ela que ele caminha pelo mercado, com o passo gingado, o filá, o cachimbo e o flautim. Vez por outra, retira um pouco do pó da cabaça e sopra entre as mulheres e os homens. Ele sempre nos desafia, assim, a serpentear, como a cobra coral de três cores que lhe pertence, as entranhas do mundo.

Exu vive no riscado, na fresta, na casca da lima, malandreando no sincopado, desconversando, quebrando o padrão, subvertendo no arrepiado do tempo, gingando capoeiras no fio da navalha. Exu é o menino que colheu o mel dos gafanhotos, mamou o leite das donzelas e acertou o pássaro ontem com a pedra que atirou hoje; é o subversivo que quando está sentado bate com a cabeça no teto e em pé não atinge sequer a altura do fogareiro. Exu é chegado aos fuzuês da rua. Mas não é só isso e pode ser o oposto a isso.

Oxalufã, por sua vez, é o orixá que tem como positividade a paciência, método, ordem, retidão e cumprimento dos afazeres. Tudo que é contrário representa a negatividade que pode prejudicar seus filhos.

Diz um mito de Ifá que, quando Oxalufã se desviou da missão a ser executada, não atendeu a Exu, não fez o ebó e embriagou-se com vinho de palma, quase comprometendo a própria tarefa da criação do mundo. Em outra ocasião, quando também tentou agir por instinto e teimosia, não seguindo a recomendação do babalaô, Oxalufã foi preso ao fazer uma viagem ao reino de Xangô, acusado injustamente pelo furto de um cavalo. Libertado após sete anos, Oxalufã pediu apenas um banho e uma muda de roupa branca.

A dança de Oxalufã é solene, marcada pelo ritmo lento e constante dos atabaques. Apoiado em um cajado, coberto por um pano branco, ele exige respeito e é reverenciado por todos os orixás. Seus filhos evitam bebidas destiladas — o mito explica a interdição — e são submetidos a uma série de tabus alimentares que envolvem, por exemplo, os alimentos que levam dendê. Oxalufã é, enfim, o maestro de solenidades, que não toca sem partitura e não quer firulas que driblem o rigor bonito e sério do que vai escrito na pauta. Quando tenta escapar da partitura, Oxalufã se desconcerta e perde a vitalidade. Quando vive sua melhor potência, Oxalufã cobre o mundo com seu alá de beleza e ordena as coisas esteticamente bem arranjadas.

Cabe lembrar que as potências acima mencionadas de Exu e Oxalufã são parcialmente explicitadas na dramatização do xirê, a festa em que os orixás se apresentam dançando e portando seus objetos icônicos. O xirê ritualiza o mito para que ele seja avivado e modele percepções e condutas individuais e comunitárias. O rito sem o mito perde o sentido; o mito, sem a ritualização, é apenas fabulação, e não uma verdade estabelecida por percepções objetivamente recusáveis do real, mas que dão sentido a ele.

Partindo das observações acima, e vivenciando xirês que presentificam o corpus literário de Ifá, nos parece possível pensar os conceitos de exusíaco e oxalufânico, dimensionados como interação e tensão; nunca como dicotomia estancada de cruzos.

O oxalufânico e o exusíaco não são opostos, ao menos na percepção da oposição como contradição ou impossibilidade de convivência. Oxalufã, a retidão criadora, tentou burlar o ebó no processo de criação do mundo. Exu, o desregrado que cria, é também o que fiscaliza o cumprimento das regras. Foi ele que pregou peças em Oxalufã quando percebeu que este não estava cumprindo os deveres da criação conforme o que fora estabelecido por Olodumarê e revelado por Ifá. Oxalufã pode ser exusíaco e Exu pode ser oxalufânico. Oxalufã não quer fazer ebó. Exu pune quem não faz o ebó marcado.

Não se estabelece, neste sentido, uma contradição entre a ideia do oxalufânico como o fundamento da ordem e das regras e o exusíaco como o fundamento da vida e da embriaguez que a Oxalufã é vetada. É da interação tensa e intensa entre esses princípios que a vida se apresenta como possibilidade, a partir do jogo entre a ordenação do mundo estabelecida no campo oxalufânico e a desorganização dessa ordem promovida pela potência exusíaca. O estado de embriaguez, afinal, pressupõe seu contraponto ativo, a sobriedade.

O que há entre o exusíaco e o oxalufânico é um processo que podemos, de forma brincante, chamar de enzimático, recorrendo ao campo da biologia. As enzimas, afinal, têm funções catalisadoras. Elas catalisam reações que sem a sua presença provavelmente não aconteceriam, possibilitando vitalidade e funcionamento dos metabolismos. Ao mesmo tempo em que interagem gerando novas possibilidades, as enzimas não são consumidas na reação. Elas produzem o fenômeno da interação e da transformação ao mesmo tempo em que permanecem inalteradas. Exu é o catalisador de Oxalufã; é a chave para que o metabolismo funfun do orixá da criação funcione. Oxalufã, por sua vez, é o catalisador das dinâmicas transformadoras que Exu carrega. A ordem dinamiza a desordem, sem deixar de ordenar; e vice-versa. Uma é a catalisadora da outra.

Dessa forma, as potências de Exu e Oxalufã se cruzam para dinamizar as mais diferentes possibilidades de invenção. A nosso ver, as noções de exusíaco e oxalufânico correlacionam-se a outro conceito que é o de cruzo. A partir da perspectiva lançada, as potências desses orixás não podem ser lidas como dimensões estanques e não possíveis de interação. O cruzo alude para as ambivalências, interstícios, complexidades, imprevisibilidades e inacabamentos envoltos a todo e qualquer processo criativo. Partimos do princípio que o que existe não é uma supressão ou rejeição entre os princípios concernentes a cada um dos orixás, mas sim uma capacidade de coexistência, catalisação e transformação. É nesse sentido que firmamos o ponto de que dependendo da dinâmica e das circunstâncias Exu pode ser oxalufânico e Oxalufã pode encarnar-se exusíaco.

Os deslocamentos provocados que desestabilizam a fixidez e os rigores presentes nos princípios, até então opostos, manifestam-se como potência inventiva. As narrativas míticas presentes no repertório poético de Ifá nos mostram que, a cada momento em que os princípios e potências dos orixás se cruzaram, novas possibilidades emergiram. Assim, mesmo tendo os princípios cósmicos (orixás) mantido as marcas fundamentais de suas potências (axés), o cruzo os lança nas dimensões da coexistência e da interação, codificando uma dinâmica geradora de possibilidades, ou seja, de abertura de novos caminhos.

Não por coincidência, a encruzilhada de Exu, um dos maiores símbolos de imprevisibilidade, inacabamento, ambivalência e possibilidade, foi concedida através da sua relação com Oxalufã. Exu ganhou a primazia e o poder sobre a encruzilhada após se colocar durante dezesseis anos em atenta observação ao trabalho de Oxalufã. Conta-nos o mito que muitos eram os que iam até a casa do grande senhor funfun para observá-lo na sua atividade de moldar os seres humanos. Porém, poucos permaneciam por lá. Os visitantes vinham de todas as partes, apreciavam o seu trabalho de fabricar os seres humanos, traziam oferendas, observavam, mas nada aprendiam.

Antes de chegar à casa de Oxalufã, Exu perambulava pelo mundo, livre de missões, de ofícios, de preocupações e desejos. Até que em um dia passou a ir à casa de Oxalufã, ao contrário dos outros visitantes. Exu frequentou a casa do velho orixá durante assíduos dezesseis anos e por lá se manteve atento às atividades desempenhadas pelo grande senhor do branco. Exu prestou atenção em tudo, observou cada parte da modelagem dos seres, não questionou absolutamente nada. Apenas observou e, através da sua permanente aplicação, aprendeu tudo.

Certo dia, Oxalufã ordenou a Exu que se postasse na encruzilhada e por lá ficasse vigiando aqueles que vinham até a sua casa. Determinou também que Exu não deixasse passar aqueles que não traziam oferendas. Oxalufã não queria perder tempo com outras atividades; queria se dedicar apenas ao seu ofício de modelar os seres humanos. Exu havia aprendido tudo e agora podia ajudar Oxalufã no seu trabalho. Assim, permaneceu na encruzilhada recebendo as oferendas (ebós) e as entregando ao orixá do branco. Exu executava tudo de forma exímia. Oxalufã, reconhecendo os méritos de seu trabalho, o recompensou, ordenou que todos aqueles que vinham à sua casa e lhe ofertavam algo destinassem parte das oferendas também a Exu, que desta forma manteve-se como guarda da casa de Oxalufã e fez da encruzilhada a sua morada.

A encruzilhada nos ensina que não há somente um caminho; a encruzilhada é campo de possibilidades. É lá o tempo e espaço onde Exu faz a sua morada e se mantém a postos na guarda da casa de Oxalufã. Na vida, somos desafiados a encruzar as dobras do mundo, ora sendo exusíacos, ora oxalufânicos. Somos herdeiros de um mundo cindido, porém as nossas invenções emergem das fronteiras, as nossas astúcias, mandingas e desobediências são operadas no cruzar das duas bandas. O Novo Mundo para nós é uma realidade não a partir da cisão de duas bandas, em que uma deve sobrepor-se à outra. O Novo Mundo para nós é inventado cotidianamente na produção da vida enquanto possibilidade: é um mundo inventado como encruzilhada.

Somos suportes de memórias e de saberes múltiplos encarnados de forma cruzada pelos princípios e potências aqui citados. Se Oxalufã é o responsável por modelar os seres humanos, Exu é o responsável por inferir mobilidade e vigor existencial que marcam a nossa condição demasiadamente humana. As noções de exusíaco e oxalufânico não estão necessariamente tecendo o debate entre as diferenças do que há posto em cabaças distintas, a intenção é nos provocar a problematizar a terceira cabaça, aquela que guarda os componentes de ambas as perspectivas, agora não mais uma e outra mas sim como terceiro elemento.

As noções de exusíaco e oxalufânico compreendem uma dinâmica alteritária e dialógica. Nesse sentido, ao invocar uma instância, a outra estará também expressa de forma imbricada. É o dito e o não dito enviesados na mesma amarração. Essa relação reflete o caráter primordial envolto a Exu e Oxalufã. Os princípios de ordem e desordem são aqui redimensionados na medida em que nos mitos citados as potências de ambos orixás se cruzam dinamizando outras possibilidades. Exu é o agente transgressor que cumpre a tarefa de fiscalizar a ordem, Oxalufã é o agente ordenador que, vira e mexe, desobedece e transgride as regras.

As noções de exusíaco e oxalufânico são potências que podem ser invocadas e encarnadas nas mais diferentes instâncias, o que as caracteriza é o fato de elas cruzarem-se e dinamizarem possibilidades inventivas, escapes e astúcias envoltas a uma atmosfera ambivalente. Assim, firmamos ponto na encruzilhada de Exu, que guarda o portão da casa de Oxalufã.

A perspectiva lançada possibilita o desafio aos limites e oposições que fundamentam um mundo assombrado por determinadas lógicas normativas que recusam o cruzo como possibilidade. O desafio aqui é invocar e encarnar as potências que esculhambam os binarismos impostos; a dinâmica que emerge enquanto possibilidade é alteritária, ambivalente e dialógica. Aquele que esculhamba também fiscaliza e aquele que fundamenta a regra também cria a transgressão e exceção da mesma.

Nos fluxos e invenções diaspóricas que ressemantizaram as práticas no Brasil, algumas tradições produzem leituras que acentuam as oposições entre Oxalufã e Exu e negam veementemente o cruzo. Essas perspectivas são mais uma vez marcas das operações e efeitos normatizadores impostos pelo colonialismo dos corpos, mentes e espíritos, que tencionam abafar o radicalismo sugerido no ato de nos lançarmos às encruzilhadas das transformações. Existem, porém, duas máximas populares que atam verso para sustentar o tom inacabado desta toada: a primeira afirma que nas bandas de cá ninguém é santo; a segunda diz que por aqui se acende uma vela para Deus e outra para o Diabo.

REFERÊNCIAS BIBLIOGRÁFICAS

ASSUNÇÃO, Luiz Carvalho de. *Reino dos mestres: a tradição da jurema na umbanda nordestina*. Rio de Janeiro: Pallas, 2010.

BHABHA, Homi. *Local da Cultura*. Belo Horizonte: Editora UFMG, 1998.

BAKHTIN, Mikhail. *A cultura popular na Idade Média e no Renascimento: o contexto de Fraçois Rabelais*. São Paulo: Hucitec, 2013.

BAKHTIN, Mikhail & VOLOSINOV. V. N. *Discurso na vida discurso na arte (sobre a poética sociológica)*. Tradução Carlos Alberto Faraco e Cristóvão Tezza. New York: Academic Press, 1976. [Circulação restrita.]

BENISTE, José. *Mitos yourubás: o outro lado do conhecimento*. 5ª ed. Rio de Janeiro: Bertand Brasil, 2012.

_____. *Òrun- Àiyé: o encontro de dois mundos: o sistema de relacionamento nagô-yorubá entre o céu e a Terra*. 6ª ed. Rio de Janeiro: Bertrand Brasil, 2008.

BENJAMIN, Walter. *Magia e técnica, arte e política — ensaios sobre literatura e história da cultura*. São Paulo: Brasiliense, 2012.

_____. *The Origin of German Tragic Drama*. Londres: New Left Books, 1977.

CARNEIRO, Edison. *Candomblés da Bahia*. 9ª ed. São Paulo: Martins Fontes, 2008.

CÉSAIRE, Aimé. *Discurso sobre o colonialismo*. Blumenau: Letras Contemporâneas, 2010.

DUSSEL, Enrique. Meditações anti-cartesianas sobre a origem do anti-discurso filosófico da modernidade. In: SANTOS, Boaventura de Souza e MENESES, Maria Paula. *Epistemologias do Sul*. São Paulo: Cortez, 2010.

_____. Europa, modernidade e eurocentrismo. In: LANDER, Edgardo. *A colonialidade do saber: eurocentrismo e ciências sociais*. 1ª ed. Buenos Aires: Consejo Latinoamericano de Ciencias Sociales, CLACSO, 2005.

ELBEIN DOS SANTOS, Juana. *Os Nàgô e a morte: Pàde, Àsèsè e o culto Égun na Bahia*. Petrópolis: Vozes, 2008.

ELBEIN DOS SANTOS, Juana; MAXIMILIANO DOS SANTOS, Deoscoredes (Mestre Didi Asipa). *ÈSÙ*. Salvador: Corrupio, 2014.

FANON, Frantz. *Pele negra, máscaras brancas*. Salvador: EDUFBA, 2008.

_____. *Os Condenados da Terra*. Rio de Janeiro: Civilização Brasileira, 1968.

FATUMBI VERGER, Pierre. *Orixás deuses iorubas na África e o Novo Mundo*. 6° ed. Salvador: Corrupio, 2002.

FOUCAULT, Michel. *Vigiar e Punir: nascimento da prisão*. Petrópolis: Vozes, 2011.

FREIRE, Paulo. *Pedagogia do Oprimido*. 17° ed. Rio de Janeiro: Paz e terra, 1987.

FREYRE, Gilberto. *Casa-Grande & Senzala*. Rio de Janeiro: Record, 1998.

GILROY, Paul. *O Atlântico Negro: modernidade e dupla consciência*. São Paulo. 2ª ed. Rio de Janeiro: Universidade Candido Mendes, Centro de Estudos Afro-Asiáticos, 2008.

GONÇALVES DA SILVA, Vagner. *Exu: o guardião da casa do futuro*. Rio de Janeiro: Pallas, 2015.

HALL, Stuart. *Da Diáspora: Identidades e mediações culturais*. Belo Horizonte: UFMG, 2003.

LOPES, Nei. *Bantos, malês e identidade negra*. Rio de Janeiro: Forense Universitária, 1988.

_____. *Kitábu: O livro do saber e do espírito negro-africanos*. Rio de Janeiro: Editora Senac Rio, 2005.

_____. *Mandingas da mulata velha na cidade nova*. Rio de Janeiro: Língua Geral, 2009.

_____. *A lua triste descamba*. Rio de Janeiro: Pallas, 2012.

MARTINS, Adilson. *Lendas de Exu*. Rio de Janeiro: Pallas, 2011.

MASOLO, Dimas. Filosofia e conhecimento indígena uma perspectiva africana. In: SANTOS, Boaventura de Souza e MENESES, Maria Paula. *Epistemologias do Sul*. São Paulo: Cortez, 2010.

MUNANGA, Kabengelê. *Rediscutindo a mestiçagem no Brasil: identidade nacional versus identidade negra*. Petrópolis: Vozes, 1999.

MUSSA, Alberto. *Elegbara*. Rio de Janeiro: Record, 2005.

NIETZSCHE, Friedrich. *O nascimento da tragédia*. São Paulo: Rideel, 2005.

PAEZZO, Sylvan. *Memórias de Madame Satã*. Rio de Janeiro: Editora Lidador, 1972.

PRANDI, Reginaldo. *Mitologia dos orixás*. São Paulo: Companhia das Letras, 2001.

_____. *Encantaria Brasileira: o livro dos mestres, caboclos e encantados*. Rio de Janeiro: Pallas, 2004.

PORTUGAL FILHO, Fernandez. (Olórun Àyànmó). *Ifá o senhor do destino*. São Paulo: Madras, 2014.

QUIJANO, Anibal. Colonialidade do poder e classificação social. In: SANTOS, Boaventura de Souza e MENESES, Maria Paula. *Epistemologias do Sul.* São Paulo: Cortez, 2010.

RAMOS, Alberto Guerreiro. *A patologia do 'branco' brasileiro. Introdução crítica à sociologia brasileira*. Rio de Janeiro: Editora da UFRJ, 1995.

RAMOSE, Magobe. *Sobre a legitimidade e o estudo da Filosofia Africana*. Ensaios Filosófico. Rio de Janeiro, v. IV, out. 2011.

REGO, Waldeloir. *Capoeira Angola: Ensaio Sócio-Etnográfico*. Salvador: Editora Itapuã, 1968.

RIO, João do. *A alma encantadora das ruas*. Rio de Janeiro: Nova Fronteira, 2012.

_____. *As religiões no Rio*. Rio de Janeiro: José Olympio, 2012.

ROSA, João Guimarães. *Grande Sertão: Veredas*. Rio de Janeiro: Nova Fronteira, 2001.

RUFINO, Luiz. *Histórias e Saberes de Jongueiros*. Rio de Janeiro: Editora Multifoco, 2014.

SANTOS, Boaventura de Sousa. *A gramática do tempo: para uma nova cultura política*. São Paulo: Cortez, 2008.

_____. Um Ocidente não ocidentalista? A filosofia à venda, a douta ignorância e a aposta de Pascal. In: SANTOS, Boaventura de Souza e MENESES, Maria Paula. *Epistemologias do Sul*. São Paulo: Cortez, 2010.

SODRÉ, Muniz. *A verdade seduzida*. 3ª ed. Rio de Janeiro: DP&A, 2005.

_____. *Samba, o dono do corpo*. 2ª ed. Rio de Janeiro: Mauad, 1998.

SIMAS, Luiz Antonio. *Pedrinhas miudinhas: ensaios sobre ruas, aldeias e terreiros*. Rio de Janeiro: Mórula Editorial, 2013.

TAVARES, Julio Cesar. *Diáspora Africana: A experiência negra de interculturalidade*. Cadernos Penesb — Periódico do Programa de Educação obre o negro na sociedade brasileira — FEUFF (n.10) (janeiro/junho 2008/2010).

TEOBALDO, Délcio. *Cantos de fé, de trabalho e de orgia — O jongo rural de Angra dos Reis*. Rio de Janeiro: E-Papers, 2003.

VIVEIROS DE CASTRO, Eduardo. *A inconstância da alma selvagem e outros ensaios de antropologia*. São Paulo: Cosac Naify, 2002.

VOGEL, Arno; SILVA MELO, Antonio; PESSOA DE BARROS, José Flávio. *A galinha d'angola: iniciação e identidade na cultura afro-brasileira*. 3ª ed. Rio de Janeiro: Pallas, 2012.

1ª edição	fevereiro 2018
4º reimpressão	junho 2019
impressão	rotaplan
papel miolo	off white 80g/m²
papel capa	triplex 300g/m²
tipografia	livory